불쥐

국립중앙도서관 출판시도서목록(CIP)

불쥐 : 이은 시집 / 지은이: 이은. -- 대전 : 지혜, 2012
    p. ;   cm. -- (지혜사랑 ; 057)

2009년 한국문화예술위원회 문학창작기금 지원을 받았음
ISBN 978-89-97386-11-6 03810 : ₩10000

한국 현대시 [韓國 現代詩]

811.7-KDC5
895.715-DDC21   CIP2012001691

지혜사랑 057

불쥐

이 은

시인의 말

내 몸 안 어디서
그의 숨소리가 이렇게 빚어지는 것일까?

직접 들어보지 못한 그의 숨소리가
귀 안에 생생하다

그의 숨소리가 거칠어진다
저 밑에서 숨소리가 솟구쳐오른다

나는 그것을 당신이라 부르며 다가간다
너도 당신들 중의 하나니까

이 은

차례

시인의 말 ──────────── 5

1부 검은 염소를 끌고 오는 사람

숲으로 간 詩 ──────────── 12
미루나무 주머니는 따뜻했던가 ──────── 14
불쥐 ──────────────── 16
식은 밥 한 덩이 ──────────── 18
얼음 홍시가 녹는 동안 ────────── 19
눈 많은 그늘나비 ──────────── 20
노란 발자국 ────────────── 22
아내를 모자로 착각하는 남자 ──────── 24
가죽 주머니 ────────────── 26
돌멩이들 1 ──────────────── 28
물방울 하나가 ──────────── 30
절두산 성지 ────────────── 32
농담 ──────────────── 34
사나흘 머리 없이 ──────────── 36
검은 염소를 끌고 오는 사람 ──────── 38

2부 소 한 마리를 위한 레시피

회전문 — 42
검은 호랑이를 따라갔네 — 43
손톱에서 누군가를 잘라내듯 — 44
메아리 — 46
스노우 헤븐 — 48
안젤라 — 49
레퀴엠 — 50
청산도 가자고? — 52
소 한 마리를 위한 레시피 — 53
금강앵무새 구름 — 56
오디나무에 대한 기억 — 57
구멍 난 타이어 — 59
옻 — 61
귓뿌리가 빠지다 — 63
빈집 — 64
사라진 사람 — 66

3부 나뭇잎이 떨어지지 않았을 때

나뭇잎이 떨어지지 않았을 때 —— 70
머리카락이 자란다 —— 72
시구문 밖 산사나무 —— 74
뱀파이어 신부 —— 76
거리 케스팅 —— 78
마운틴 오르가즘 —— 80
선암매 —— 81
바람의 뿌리 —— 82
안자일랜 —— 83
식탁 위의 강물 —— 85
깡링 —— 87
전선과 나무와 그림자 —— 88
오래된 거울 —— 89
암에 걸린 일요일 —— 91
얌얌트리 —— 92

4부 침대 밑에 악어가 산다

저녁을 건너가는 나비 — 94
낙천대 노인정 — 95
북미륵암 마애여래좌상 — 97
겨울강 — 98
굿모닝! — 100
아직도 손가락은 죽음을 만지고 있다 — 102
오로라 통신 — 104
고독사 — 106
엄마의 방 — 108
심야 고속도로 — 109
강아지가 먼지꾸리를 굴리듯 — 111
호박죽 끓이는 날 — 112
에미야! — 114
침대 밑에는 악어가 산다 — 116
해설 • 내 안의 타자가 흘러나오는 곳은 어디인가 • 김기택 119

1부

검은 염소를 끌고 오는 사람

숲으로 간 詩

캄캄한 밤 산길을 내려간다
댓잎 스치는 소리가 책갈피 서걱대는 듯하다
턱을 괴고 앉아 숲이 된 나의 두 눈을 본다
물끄러미 나를 쳐다보고 있는 것들
잇대어 보고 쪼개 보기도 하고
종이 밖으로 튀어나가지 않게 움켜잡고
가만가만 산길을 내려간다

구름다리를 지나 층층바위를 지나
어둠이 지워버린 짐승들의 흔적을 찾는다
누군가 몇 걸음 앞서 걸어가는지
나뭇잎 스칠 때마다 새 한 마리씩 날아간다

적막을 깨지 않으려고
엄지발가락에 신경을 곤두세운다
오른쪽으로 왼쪽으로
더듬더듬 발을 옮기다 돌부리에 부딪친다
숲이라는 말에서 뻗어나온 가지들을 흔들어 본다

우수수 이파리들이 떨어진다
머리 위에는 달이 날을 세우고 있다
숲은 잡목들로 무성하다
종이 구겨지는 소리 요란하다

산문을 빠져나올 때
구멍 속으로 바람이 들어가는 것이 보인다

미루나무 주머니는 따뜻했던가

그때 나는 마루나무로 뛰어갔어요
아버지가 술을 마시고
휘발유통을 들고 지붕으로 올라갔어요
나는 신발을 거꾸로 신고 달리기 시작했어요
녹슨 대문을 지나 비린내 나는 시장 골목을
지나 무너진 교회 담벼락을 지나
텅 빈 학교 운동장을 지나
아름드리 미루나무 속에 몸을 숨겼어요
미루나무 썩은 구멍은 따뜻했어요
머리 위에서 이파리들이 부들부들 떨며
손사래를 치며
아버지의 발자국 소리를 밀어냈어요
해가 지자 나무는 어둠으로 덧문을 닫았어요
태아처럼 오그리고 나는 잠이 들었어요
개들이 잠속까지 짖어댔어요
아버지 날 부르는 소리
불바람 소리가
문 닫은 나무를 흔들었어요

불타는 소리로 바람이 불었어요
잎들이 불꽃처럼 흔들렸어요
우듬지 타들어가고 있었어요
나는 고사리 손으로 써은 나무 벽을 뜯으며
지붕 위에서 아버지가 켜는
마왕의 질주를 들으며
알코올의 시간이 지나기를 기다렸어요

불쥐

불타는 머리털을 움켜쥐고 그녀가 달려갑니다 지하도 바깥까지 머리를 흔들어대는 불꽃들 온몸에 불씨를 매달고 달려갑니다 구멍 뚫린 하늘로 검은 연기가 치솟아 오릅니다 소방관이 머리 위로 물을 뿜어댑니다 경찰차가 사이렌을 울리며 거리를 봉쇄합니다 그녀는 불에 잡히지 않기 위해 골목으로 도망갑니다 불에 잡힌 쥐들은 숯검뎅이가 되어 지하도에서 나옵니다 불구덩 속에 죽은 쥐들을 눕힙니다

십년 째 불붙은 전동차 안에 갇힌 그녀가 한 손에 연탄집게를 들었습니다 이 골목 저 골목 불덩이의 살해자를 찾아나섭니다 남의 집 대문간에 몰래 번개탄을 갖다놓기도 합니다 그녀의 방은 사방이 불꽃 천지입니다 형광등이 지글지글 살타는 냄새를 풍기며 빛납니다 꽃무늬 벽지에 불이 옮겨 붙을까봐 손톱으로 꽃을 긁어댑니다 그녀는 방바닥을 뜯어내고 몸을 숨깁니다 꼭꼭 숨어라 머리카락 보일라 지하로 지하로 달아나도 불의 길은 끝나지 않습니다 불붙은 머리털을 헤집고 쥐 한 마리가 들어옵니다 그을린 쥐는

더 깊은 불구덩이 속으로 도망갑니다

　그녀는 종일 머리털을 꼿꼿이 세우고 화염 속에서 나오
지 않습니다 불붙은 그녀를 싣고 전동차는 멈추지 않고 굴
러갑니다

식은 밥 한 덩이

눈도 귀도 없다 제 얼굴을 들여다 볼 수 없는 저 시커먼
구덩이 새의 날개처럼 희디흰 밥덩이 어둡다

삼킬 수도 뱉을 수도 없는 이 돌덩이 세상에 가장 넓은 혀
로도 먹어치울 수 없는 희고 둥그런

밥 한 덩이가 녹아내릴 때까지 나는 쌀뜨물처럼 가라앉
으리라 식칼에 베인 손가락에서 흘러내리는 피를 섞어 저
녁밥을 끓이리라

곤두박질치며 밥알들이 끓는다 수십 억 밥알 같은 얼굴
들 나는 숟가락을 들고 어룽거리는 얼굴들을 퍼먹는다

꽝꽝 얼어붙은 밥덩이의 시간들 내 몸에 뿌리 내린 것들
돌덩이가 제 살을 먹는다 몇 백 년 동안 녹지 않는 눈동자를
떠먹고 있다

얼음 홍시가 녹는 동안

이 접시 위에 흰 눈이 내려 눈을 뜰 수가 없는 시간이야
손가락이 쩍쩍 달라붙는 시간이야 불꽃같은 몸에서 얼음
방울이 솟아오르는 시간이야 겨울밤처럼 차갑고 매끄러운
시간이야 꽝꽝 언 몸에서 진흙물이 흘러내리는 시간이야
제 몸에서 나온 물이 제 몸을 다 적시는 시간이야 누군가 늑
골 아래 구멍을 파고 있는 시간이야 몸 안에서 가지가 생기
고 이파리 펄럭거리는 시간이야 감나무는 가을인가 봐 새
가 날아와 발자국 찍으며 노는 시간이야 긴 시간이야

접시 위에서 떨고 있는 시간이야 겨울새가 횡경막을 찢
고 날아가는 시간이야 갈비뼈 양 옆으로 살 흐르는 소리 들
리는 시간이야 폐벽이 흐물흐물 무너져 내리는 시간이야
몸보다 커진 허파가 접시 위에서 헐떡거리는 시간이야 방
안 가득 붉은 물이 흐르는 시간이야 흘러넘친 물이 물컹해
진 얼굴로 녹아내리는 시간이야

눈 많은 그늘나비

환한 아침 나비 한 마리 접시 속을 날아다닙니다
창밖엔 눈발이 날리고 접시 속에는 나비들 가득합니다

날개를 팔랑거리며 접시의 무늬를 따라 갑니다 제비꽃
엉겅퀴
산딸기 넝쿨을 지나갑니다 접시 귀퉁이 초록의 이파리
를 따라
아슬아슬 건너갑니다

나비 다리 사이에 노파가 있습니다
노파는 접시 위에 뼈다귀를 놓습니다
돼지기름이 나비 날개에 스며듭니다

햇살 한 줄기 접시 위에 내려앉습니다
접시 위의 뼈들 속에서
나비 한 마리가 나와 노파에게 날아갑니다
나비 날개가 노파의 광대뼈를 더듬습니다
노파의 기름진 입술을 핥습니다

나비 한 마리 나비 두 마리 나비 세 마리
노파의 눈동자 속이 온통 나비로 가득합니다
긁히고 지워진 시간의 무늬 속
나비들은
으름덩굴을 타고 올라 하얀 수국다발 위로
날아 오릅니다

노파는 여전히 뼈다귀를 뜯고 제 얼굴을 뜯고
접시를 뜯고 접시 속의 나비
날개가 뜯겨 나가고 다리가 뜯겨나가고
창살에 쌓인 봄눈이 뜯겨나갑니다

노란 발자국

자동문 앞에 그려진 노란 발자국 위에 발을 포갠다

세상에서 가장 뜨거운 발자국 위로 눈발이 날린다
발등에 떨어진 눈을 털어낸다 깃털이 되어 날아오른다

두 개의 발자국 두 켤레의 신발
지상에 몸 내려놓고 사라진 사람
발가락들이 살아 고물거린다
발이 묶여 꼼짝 못하고 지낸 나날
지상에 들리지 않는 발자국들 따뜻하다

낭떠러지로 뛰어 내리지 말기
난간에 매달리지 말기
노란 생명선 안으로 들어가지 말기

얼음 외투를 입고
노랑 부리를 묻고
바닥에 몸 내려놓고 떠난 사람
그림자에 올라서서 맨발의 냄새를 맡는다

겨드랑이에서 땀 냄새가 풍겨나온다

이 세상 밖으로 날아간 사람들
더 많은 눈발이 휘날리고 또 쌓이고
생명선이 지워진다
사라진 발자국들이 쌓여 새의 날갯짓이 되는가
아이는 한 마리 곤줄박이 새가 되어
아무도 듣지 않는 노래를 부르고
전동차는 졸고 입이 찢어져라 하품을 해댄다

이마 위로 햇살이 잘게 부서진다
한 몸을 이루었던 발자국들은 헤어져
어느 나뭇가지 위에서 잠을 잘까
떠도는 눈빛들이 시계추처럼 흔들린다

전동차 4호선이 전속력으로 달린다
머리카락이 공중으로 들려 올라가고
목화 신발이 들려 올라간다

아내를 모자로 착각하는 남자*

당신의 머리 위에 다소곳이 앉아 있어요
당신 눈엔 내가 보이지 않아요 난 모자이니까
나는 당신 얼굴에 그늘을 드리우죠
몇 가닥의 머리카락을 쓸어담고 있지요
당신은 나를 이렇게 머리 꼭대기에 모셔두지만
바람만 불면 구름 위로 날아갈 수도 있어요
쌍둥이 빌딩을 지나 강물을 건너
커튼을 화악 열어젖히고

당신이 나를 끌고 다니는 동안
나는 머리 위에서 모자를 찢어버릴지도 몰라요
땡볕이 머리 위에서 내리쬐일 때
머리와 함께 폭발해 버릴지도 몰라요
당신이 손을 뻗어 나를 잡아채네요
거울 앞에서는 당신의 예의와 근엄을 위하여
내 속에 대머리를 감추어도 좋아요
안녕! 모두에게 나의 안부를 나누어 주어도 좋아요
우리의 인사법은 서로에게 공손해야 하는 거니까

그렇지 않으면 내가 바닥으로 떨어질 수도 있으니까

당신은 아나요
당신이 나를 들었다 놓는 순간,
얼마나 많은 구름이 모자 위로 흘러가는지
얼마나 많은 모자들이 바람 속으로 흘러가는지

아니 당신의 머리통에 뿌리를 내리고
둥둥 떠가는 이 맛!

* Oliver Sacks의 「아내를 모자로 착각한 남자」

가죽 주머니

말굽 같은 변기를 뒤로 젖히고
끊어질 듯 이어지는 오줌줄기를 엿보았죠
감탕처럼 고였다가 흘러나오는 아버지의 내부를
온 힘을 다해 길어 올린 아버지의 오줌 줄기가
음경 끝에서 뒤틀린 신음으로 매달린 것을
아버지는 그것을 치약처럼 둥글게 말아 쥐어짜고 있었죠

변기 앞에서 주춤거리는 아버지
주름진 가죽을 내려다보는 아버지
걸쭉한 지린내가 진동했죠
등골 빠지게 길어 올린 아버지의 길이
다 말라버린 걸까요
자꾸 구멍 속으로 빨려 들어가는 오줌소리
깊은 우물에서 지하수를 길어올리듯
가늘게 뽑아 올린 물줄기가 저절로 새어나와
사타구니를 적셨죠
움켜쥔 그것을 꽉 붙들고
놓지 않는 아버지

마지막 남은 몇 방울을 위해
아버지는 몸을 둥글게 말아봅니다
간신히 끌려 나온 오줌길에
흥건히 아버지가 젖었죠

돌멩이들 1

항아리와 항아리 사이에 돌멩이들 있다
무덤과 무덤 사이에 돌멩이들 있다
모란꽃 이불 속에 돌멩이들 있다
꽃 밑에 돌멩이들 있고
돌멩이 밑에 살고 있는 돌멩이의 아이들

켜켜이 쌓여 있는 장롱 이불 속에서
빨갛고 하얀 돌멩이들 떨어졌다
바다로 떨어지는 것처럼 첨벙 떨어졌다
손가락에 주렁주렁 돌멩이들 매달고
밀려 왔다 밀려갈 때
돌멩이들 안으로 뼈가 생기고 살이 돋아났다
햇빛이 돌멩이들 가만히 건드리고 지나갈 때
시간의 무늬가 그물처럼 퍼졌다

켜켜이 쌓여 있는
이불과 이불 사이 돌멩이들 있다
모란꽃과 모란꽃 사이에

수천 년 전의 아이들이 들어 앉아 있다
돌담과 돌담 사이 아득한 시간
세상에서 가장 어두운
입을 다물고 항문을 닫고 있는 돌멩이들 있다

물방울 하나가

떨어진다 찬별이 뜬 수면에 유리알처럼 부서진다
깨진 수면을 동그랗게 밀고 나가는 첫 방울 하나

산등성이 너머 어두운 바람 커다란 천둥소리를 끌고 온다
순식간에 연못이 빗방울로 가득하다

부글부글 끓기 시작하는 마곡사
방구들 밑에 불을 지르고 더운 기운을 뿜어내는 마곡사

연못이 끓어 넘친다
계곡에서 흘러내려온 물이 못의 바닥을
부글부글 뒤집는다

수십 마리 잉어들이 황톳물 속에서 소용돌이 친다
물 위로 솟구치는 썩은 나뭇잎들

물의 결이 못 밖으로 터져나가려고
몸을 비튼다 물이 부서지고 흩어진다

연못이 부서진다
물의 울부짖음이 골짜기를 울린다

샅샅이 붉은 잉어들이 한 덩어리가 된 채
수만 볼트의 파동을 일으킨다

투명한 빛 하나가 못 가운데를 관통한 후
문득 고요한 연못
낯선 향기가 맑고
흙탕물에 황금빛이 스며들고 있다

절두산 성지

희광이들이 김대건 신부에게
무릎을 꿇리고 화살을 귀에 꽂았답니다
얼굴에 물을 뿌리고 회칠을 했답니다
머리채를 창자루에 매달았답니다
-이 모양으로 하면 칼로 치기 쉽겠느냐?
신부는 희광이들에게 물었답니다
희광이들이 칼을 빼들고 춤을 추었답니다
머리는 여덟 번째 칼에 떨어지고
떨어진 머리들은 소반에 담아 관장에게 보여졌답니다

새남터에서 한 아이는 형틀에 묶인
제 어미를 보았답니다
치맛자락을 붙들고 울부짖던 아이들
엽전 열 개를 모아 희광이에게 주며
우리 어머니 아프지 않게 단칼에 보내 달라 했답니다
그래 망나니는 칼을 높이 들고 어미의 목을
단칼에 내리쳤답니다

누에머리를 닮은 양화진 성당

절벽 아래로 머리들이 떨어지고 있습니다
머리들이 모래밭을 뒹굽니다

절두산을 오르는 이 아침
문득 내 모가지가 길어져 발등을 덮습니다

강물 위로 피어오르는 아침안개처럼
의심이 피어날 때
내 안의 희광이가 내 목을 잘라 의심을 지우려 할 때
한 손이 칼이 되어 내 목을 벱니다
절벽 아래로 모가지들은 떨어져내리고
모래밭에 떨어져 나뒹구는 의심 속에서
선혈이 솟구칩니다
한강이 아직도 벌겋게 타오르고 있습니다

쟁반에 담겨진 세례자 요한의 머리처럼
매일 절두산에는 새 머리가 봉헌되고 있습니다

농담

말은 언제나 절정에서 미끄러지죠
나뭇잎이 물방울을 밀어내듯
우산대 사이로 빗방울이 계곡을 이루듯
미끄러진 말들이 탁자 밑에 쌓입니다.

창 밖에는 비가 내리고
너는 입을 뾰족하게 오므리고 허공을 빨아들이고
미끄러진 말과 미끄러지지 않는 말 사이
달려가는 오토바이가 빗물에 미끄러지고
지나가다 빗물을 뒤집어 쓴 여자가
몸 속에 갇힌 말들을 화악 쏟아내고
그것은 감정의 문제라구요?

나치 친위대장 하인리히처럼
너는 사석에서도 사적인 말을 잃어버리고
아라뱃길 열려서 한강 크루즈 한다는데
아리수 아라리오
감사합니다 감사합니다

우리들은 어제 본 TV개그를 흉내내고
웃을 때를 놓쳐 버린 말들이
창가에 미끄러집니다

말이 절정에 이르렀을 때
빗방울이 창문을 때리고
너덜해진 입술이
한겨울의 햇볕정책을 성토하고
너는 그치지 못하는 말을 입안에 넣고
질근질근 씹고
미끄러지는 것과 미끄러지지 않는 것 사이에
비행기가 붕붕 지나갑니다

사나흘 머리 없이

상가집 밥상 위에 오른 돼지머리처럼
납작납작 머리 눌러 놓고

납작납작 귀떼기 눌러놓고
납작납작 수다스러운 입 눌러 놓고
납작납작 벌룸거리는 코 눌러놓고
눈을 감아도 꿈 속으로 드나드는 것들
납작납작 눌러 놓고

얼굴 없는 모가지에 꽃을 꽂고
팔다리 휘휘 저으며 시장에 가고 싶다

대가리 잘린 고등어 한 손
몸통인지 꼬리인지 뒤엉켜 있는
병어포 사가지고 돌아오는 길
맨드라미가 모가지를 꺾고 납작납작 죽었다

생각이 눈꽃처럼 쏟아진다

눈에 눌린 나뭇가지 찢어지듯
생각이 찢어지는 오후다

검은 염소를 끌고 오는 사람

당신은 검은 염소를 끌고 오고
씨앗은 땅 속에서 터지고
나무 안에는 수액이 방울방울 흐르고
아침 해는 뭉텅뭉텅 떠오르고
앞산 관목 숲은 햇살에 반짝이고
물방울들은 이끼 위에서 미끄러지고

당신은 엉겅퀴 붉은 가시를 헤치고 오고
시간은 암초 위를 날아가며 긁히고

개울을 지나 돌 틈을 지나
호랑가시나무 숲 소리로 날아가고

당신은 떡시루 위에 올라가 작두를 타고
마른 댓잎으로 등짝을 내리치고
언제부턴가 내 몸에서 울고

당신은 붉은 지붕 열려진 창문 너머

바람 소리로 울고 가고

새도 짐승도 사라진 산에는
춤추듯 눈이 내리고
둑에는 염소 우는 소리 자욱하고

골짜기 저쪽 어느 문간에서
누군가 짐승 소리로 울고

2부

소 한 마리를 위한 레시피

회전문

내 앞의 나와 등 뒤의 내가 빙글 돌아간다 잠깐 마주친 내가 삼등분 사등분으로 쪼개진다 수십 개로 조각난 얼굴들이 둥근 유리창에 박힌다 회전문 안 내가 서 있던 자리엔 낯선 내가 서 있다 정오의 햇빛이 문을 밀고 들어간다 회색빛 하늘이 유리벽에 쪼개지고 구름이 조각난다 빠져나가지 못한 내가 유리 안에 갇혀 있다 유리벽엔 내 얼굴이 흘러내리고 낯선 손목이 내 손에 겹쳐진다 나는 휘어지고 꺾여진다 토막 난 구름들이 유리벽에 쌓인다 회전문 속으로 줄지어 따라오던 사람들이 휙휙 바람을 일으키며 지나간다 서 있는 사람들 얼굴을 일그러뜨리며 내가 빙글빙글 돌아간다 머릿결이 검었다가 회색으로 변한다 문 틈에 끼인 머리통이 조각난 채 돌아간다 가을 햇빛이 들판을 끌고 돌아간다 쭈글쭈글한 얼굴이 돌아간다 둥글게 몸을 말고 한 노인이 돌아간다

검은 호랑이를 따라갔네

아버지를 따라 외가로 갔네 어두운 상점들을 지나 제방
둑을 따라 갔네 강 건너 제철소 굴뚝은 흰 연기를 뿜어대고
철길 아래 강물은 으르렁거리고 두툼한 아버지의 손목은
나를 잡아 끌었네 나의 걸음은 아버지를 따를 수 없었네 암
만가도 먼저 가는 아버지만 보였네 맞은편에서 기차가 달
려왔네 돌아보니 아버지는 없고 검은 연기를 뿜으며 집채
만한 호랑이 한 마리 달려왔네

고백하건데 나는 호랑이가 끌고 오는 아침을 본 적이 없
네 호랑이가 물고 오는 짐승을 본 적도 없네 그리고 호랑이
는 어디론가 사라졌네 외진 밤길 같은 그 호랑이, 아직도
나를 따라오는 호랑이

손톱에서 누군가를 잘라내듯

엄마는 잘 죽었다 우리는 소리 높여 외쳤다 손톱을 세우
고 엄마를 깨웠으나
　오로지 손톱들만 살아남았다 우리는 엄마가 없는 곳에
살고 싶다 손톱들이
　겨울만큼 길어졌다

엄마는 늘 내 손톱을 짧게 깎아주었다 손가락 끝이 아팠
다 손톱을 짧게 깎고
　나면 손으로 걸었다 손톱이 너무 짧아서 제대로 생각할
수도 없었다 하염없이
　손톱을 깎는 동안 얼음꽃들이 제 이파리를 꿀꺽꿀꺽 삼
켰다

누군가를 잘라내듯 손톱을 깎는 밤 가슴 언저리에 불덩
이가 된 돌이 만져졌다
　엄마! 비명이 몸에 들러붙었다 우리는 엄마의 구두, 핸드
백, 모자를 하나씩
　꿰차고 사방으로 흩어졌다 엄마를 두르고 걸치고 엄마

를 쓰고 우리는 전력을
　다해 살아내기로 했다

　엄마는 잘 죽었다 우리는 손톱을 깎지 않아도 된다 손톱
이 부러질 때까지 견디리라
　밤마다 내 머리맡에서 나를 내려다보는 엄마

　베갯머리를 흠뻑 적시는 엄마가 매운 손마디로 내 볼을
후려친다 우리는 또
　살아내기로 했다 결국 엄마의 손톱깎기로 손톱을 잘라
내는 밤 그간 자란 손톱이
　손톱 밑을 파고드는 밤이다

메아리

여기는 봉화산이야… 봉화산이야… 이야… 야… 야…

술 취해서 개화산역을 찾지 못하고
봉화산역에서 떠돌던 메아리가
전화기에 남아서 아직도 중얼거리고 있다

개화산역으로 오세요. 우리집은 봉화산역이 아니고 개
화산역에 있어요
개화산 개화산 개화산 화산… 화산… 산… 산……

내가 한 말은 그의 귀로 들어가지 못하고 튕겨나와
바닥에 떨어져 뒹굴고 있다
전화통 속에 남은 술 취한 말이 웅웅 울린다

산에서 내려온 가장 낮은 메아리가
어두운 거실을 왔다 갔다 한다
말들이 흘러내리는 벽에 갇혀 두 눈만 크게 뜨고
벌벌 떨고 있다

모래바람이 식탁 밑에서 휘돌아 나온다
개화산으로 봉화산으로 모래 쓸려가는 소리 들린다
한 곳에 머물지 못하고 먼지처럼 부유하는 말
찔리고 긁힌 자구들 헛바다처럼 갈리진디

웅웅거리는 말들이 나를 공격하기 시작한다
송곳니를 들이밀며 입을 벌리며 덤벼든다
공기처럼 팽창한 벽 속에서 비명이
말이 되지 않은 말들이 자란다

공기 속을 떠돌아다니는 온갖 소리들
내 귀에는 들리지 않는 말들
어금니 물고 있는 침묵들
입술 사이로 삐져나오는 고요들

창에 들러붙어 있는 저 너덜거리는 혀들
도마뱀처럼 꼬리만 남은 말들

스노우 헤븐

허공의 살들이 춤을 추네 바수어진 허공의 뼈들이 날리네 깊은 산 속 헤매네 바람의 리듬에 맞추어 엉덩이를 흔들고 두 팔을 벌리고 소리 없는 비명을 추네 구름보다 가벼운 것들이 산더미로 쌓이네 굴뚝 끝에 매달린 연기가 안간힘을 쓰며 흩어지고 새들은 무거운 하늘을 끌고 날아가네 소복한 유족들이 무지개빛 유골함을 들고 습골실로 가네 분쇄기에 넣어 곱게 간 뼛가루를 쓸어담네 비린내가 얼굴에 화악 번지네 눈은 푹푹 내리고 유족들은 번호표를 받아 들고 갈비탕을 먹네 바수어진 뼈들이 그릇 속에서 딸그락 거리네 뼛가루를 넣은 국물이 뿌옇네 남은 뼈들은 라자로 마을로 가고 우리들은 기차를 탔네 차창에 울음이 질질 녹아 흐르네 눈꽃 축제네 헤아릴 수도 없는 흰 손들이 손을 흔드네 레일 위에는 눈이 쌓이고 기차 바퀴는 굴러가네 승부역 지나 추전역 지나 캄캄한 터널을 지나 와! 눈의 세상이네 한 구름이 아흔 량의 객차를 달고 가네 덜커덕 덜커덕 어두운 산 너머 칡덩굴 얼어붙은 스노우 헤븐으로

안젤라

안젤라를 지하실에 버린 건 아버지였다 아버지는 갓난애를 아랫목에서 윗목으로 내쳤다 아기는 태어나자마자 죽었다고 식구들에게 말했다 죽었다던 아기는 악을 쓰며 울어댔고 죽었는데도 우는 울음을 막을 수 없자 아버지는 이불로 둘둘 말았다 그치지 않는 울음을 끌고 지하 창고로 내려갔다 닫힌 문 속에서도 아기는 울음을 그치지 않았고 천정에 매달린 거미가 부르르 떨었고 먼지투성이 판자들이 흔들거렸다 삽 곡괭이 호미자루가 넘어졌고 산더미같이 쌓인 감자가 들썩거렸다 아버지는 벽으로 마룻바닥으로 그 붉은 울음을 막으려했으나 울음은 틈새마다 삐죽삐죽 올라왔다 하룻밤 지하실에서 저 혼자 지쳐 잠들고 깨어난 울음은 마룻바닥 틈으로 새어 들어오는 빛을 보았다 빛을 본 울음은 한 가계의 모가지를 뚝뚝 분질렀고 함석지붕을 불덩이로 달궜고 감자알들을 푹푹 썩혔고 하염없이 가라앉아 갈분이 되어 갔다 어느 날 울음은 검은 수도복을 걸치고 지하 창고를 나와 수도원으로 갔다 머리 위에 갈분 같은 뽀얀 두건이 얹혀졌고 죽은 이름은 스테인드글라스에서 나오는 빛을 받아 안젤라가 되었다

레퀴엠

고열과 함께 헛소리를 하며 침대에 누워 있을 때
밤새 문 밖에서 어슬렁거리는 그림자

지금 문틈으로 나를 들여다보고 있다
비몽사몽 눈을 반쯤 감고 죽은 듯이 있으나
쌕쌕거리는 그의 숨소리를 들을 수 있다
발톱을 세우고 문을 긁어대기 시작한다
눈구멍이 바로 앞에 와 있다
길쭉한 주둥이로 문을 밀고 들어온다
침대 위로 훌쩍 뛰어 오른다
앞발이 내 목덜미를 꽈악 누른다
혓바닥이 축 늘어진 내 손등을 핥는다
등짝에 달라붙어 내 심장 박동에 맞추어
그의 심장도 따라 뛴다

가만히 얼굴을 들여다보던 놈이
겨드랑이 밑으로 코를 쑤셔 박고
콧김을 내뿜는다

한숨을 들이쉬고 내쉬기도 하고
방귀를 뀌기도 한다
저리 가! 가만히 있어! 고함을 지르면
슬금슬금 꼬리를 감추고
짐대 밑으로 가 몸을 숨긴다

청산도 가자고?

꽃이 핀다고 지랄이야 배 타고 바다 건너 꽃구경 가자고
유채꽃 피고 청보리 내음 피어오르는 거문도 지나 완도 지
나 페리호 타고 청산도 가는 길이 그렇게 아름답다고 싱크
대 앞 한 움큼 자란 무순을 싹뚝 잘라내며 중얼중얼 태아처
럼 웅크리고 있는 여린 싹은 새의 주둥이 같아 등허리 너머
로 비린내 풍기며 지랄이야 나는 가만 있고 싶은데 찰거머
리처럼 들러붙어 전화질을 해대며 귓바퀴 물어뜯으며 봄
볕이 금빛인데 다리 오그라들기 전에 가야한다고 창문 열
어젖히고 먼지 탈탈 털어내며 몸 밖을 나가지 못해 지랄이
야 구멍이란 구멍 다 열고 고개 내밀고 있는 저것들 살 찢고
나가려고 세상에서 가장 가벼운 체위로 불두덩 같은 뱃속
에서 새끼 낳겠다고 자궁이 벌겋게 달아오르며 매발톱 얼
레지 개불알꽃 얼굴 확확 달구며 지랄이야 내일 오면 꽃 다
진다고 물바닥 위로 수천의 노랑나비떼 솟구쳐 오른다고
청산도가 뭐, 환상적이라고? 아슴아슴? 지랄이야

소 한 마리를 위한 레시피

*

바닥에 누워 있는 칼이 뼈와 살을 발라내요
머리 다리 꼬리 내장을 낱낱이 나누어요
라디오의 음악에 맞추어 칼이 춤추어요
칼의 손놀림이 뼈와 뼈 사이 힘줄과 힘줄 사이를
비집고 들어가요

*

청송정육점에 딸린 한우식당은
노린내를 맡은 사람들로 버글거렸다
그는 소 한 마리를 냉동고에서 꺼냈다
안창살, 부채살, 치맛살이 불판 위로 올라갔다
살짝 소금을 뿌리고 통후추를 쳤다
시뻘건 육즙이 배어나올 때
사람들은 고깃덩어리를 뒤집었다
입으로 집어넣는 것이
몸통인지 다리인지 노린내에 취한 사람들이
돌아갈 때 소 한 마리가

입안에서 되새김질을 했다

*

정육점 유리창에 비친
붉은 형광등이 선지 같은 밤이었다
안에서 여자의 비명이 들리고 유리창이 깨졌다
어둠이 몸을 덮을 때
정육점 주인이 목 매달아 죽었다고 했다
오장육부를 단 소 한 마리가
피를 흘리며 바닥에 떨어져 있었다고 했다
그가 제 살을 발라내고 있었다고 했다
칼이 내리치는 곳도
그의 손이 따라서 여는 곳도 틈새였다*고 했다
얼굴은 푸른빛이었고 풀을 뜯어 먹은
소의 얼굴이었다고 했다

*

칼을 벼르는 밤이에요

푸른 소 한 마리가 창을 지나갔어요
몸 속에서 칼 한 자루를 꺼내어
내장을 제거했어요
뼈를 건드리지 않고 살을 건드리지 않고
두근거리는 심장을 갈고리에 꿰었어요

* 『감산의 莊子풀이』

금강앵무새 구름

거기 멈춰 서서 흩날리는 새털을 바라봐요
나뭇가지 위에 누워 있는 죽은 새 한 마리 좀 봐요

무지개 빛 구름이
세상 모든 새들을 거느리고 떠나가는데

눈을 부릅뜨고 들숨 날숨을 그친
제 뼈를 걸어둘 구름자락을 찾는
새 한 마리를 보아요

하늘의 손바닥, 하늘의 무릎
하늘의 귓바퀴에서 하늘의 살 비늘이 흘러내리는데

귀와 귀가 부딪쳐 찢어지고
눈과 눈이 부딪쳐 모두 눈이 먼 나라
문득 발이 없어지고 무릎이 사라지는 나라

거기 멈춰 서서 흩날리는 새털을 봐요
나뭇가지 위에 누워 있는 죽은 새 한 마리 좀 봐요

오디나무에 대한 기억

이리 와, 따라와 봐, 사랑해 줄게
제방둑을 걸어오는 네가 보여
철길 건너 너의 집으로 내가 바래다줄게
너의 손 안에 꼭 쥐어 짓물러진 오디가 가득하구나

나무 위로 올라와 내가 시디신 오디를 따 줄게
검은 입가에 자줏빛 과즙이 흘러넘치는구나
강가에는 노란 달맞이꽃이 한 자만큼 자라고
달빛이 수숫대를 흔들며 이상한 소리를 내는구나

나뭇가지가 치마 밑으로 자꾸 찌르잖니?
여기 얌전히 앉아 있어 내 부드러운 손길로
너의 속살을 만져줄게
사타구니에 손을 집어넣어도 울면 안돼

이리와, 따라와. 아이야, 울지 말고
이건 다 너를 위한 것이야
내가 네 아픈 곳을 다 낫게 해 줄게

얼굴에 기름이 좌르르 흐르는 내가
살짝 윙크하면서 먹어줄까
주렁주렁 나뭇가지마다 검은 열매가 열렸구나
이리 와, 따라와 봐, 사랑해 줄게

구멍 난 타이어

외곽순환도로를 올라타자 북한산 뒤에 숨은 비가 쏟아
졌다 산꼭대기 전신주에서 불이 번쩍거리자 놀란 길이 지
그재그로 휘청거렸다

공기로 가득 채워진 타이어에서 바람 빠져 나가는 소리
놀란 새들이 우르르 산을 넘어 가고 길바닥이 놀라 엎드렸
다

130킬로미터로 달리던 자동차가 길바닥에 퍼졌다 갑자
기 겁먹은 두 손이 핸들을 꽉 붙들고 눈은 둥그렇게 뜨고 앞
만 보고

들썩거리는 엉덩이를 안전벨트로 단단히 묶고 팬티가
젖는 줄도 모르고 엉덩이로 엉덩이로 자동차를 밀고

불암산 터널을 빠져 나왔을 때 타이어는 지쳐서 그만 갓
길에 엎어졌다 만신창이가 된 타이어가 길바닥에 누웠다
얼굴을 내리치는 빗속에서 레카차를 기다렸다

　　방금 전까지 벌떡이는 심장과 내장을 다 쏟아낸 자동차
에서 고무 타는 냄새가 났다
　　뜨거운 열기를 식히지 못하고 허연 연기를 뿜어댔다
　　타이어 철심이 신경세포처럼 밖으로 삐져나와 있다

　　사나운 공기가 다 빠져나간 타이어에
　　묻어 있는 싸늘한 팽창, 그 끝에 작은 못 하나

옷

나를 꽃 피워라
여린 이파리 물고 네게로 들어간다
열꽃이 살갗을 뚫고 나가는 중
바람이 옷깃을 스치자
구멍에다 바늘을 꽂고 쑤셔댄다
모래 알갱이가 살 속에 박힌다
나무를 삼켜버린 목구멍
우두둑 살갗을 뚫고 일어나는 나무들
맨살에 긁힌 자국들 간지럽다
손톱 밑에 핏방울이 맺히고
푸른 혈관을 타고 화염이 번진다
땡볕 아래 검게 타는 나무들
내 몸을 빌려 나에게 꽃 피워라
네 몸에 묻어 온 독을 내가 마신다
검붉은 진액을 몸에 바른다
뒷다리 정강이뼈를 타고 오르는 줄기
휘어져 허리로 뻗어 오른다
줄기 끝 여린 잎에서 붉은 반점이

솟아오른다
누운 자리에는 살비듬이 수북히 쌓인다
나무는 비릿한 한 겹 껍질을 벗는다
목을 타고 오르는 나무여!*
온몸이 꽃이어서 꽃 피워라
초록의 가장 어둔 곳에서
사타구니에도 귓불에도 옻 향기 따갑다

* 정현종 시집

귓뿌리가 빠지다

해안 절벽 위에 올라앉은 홍련암 관음굴에서 울리는 파
도소리 듣는다

문을 열자 동해 만경창파가 멍석처럼 돌돌 말려온다

법당 마룻바닥에 난 유리문 절벽 아래 부서지는 파도소리

세상 모든 소리가 무수히 나타났다 툭 하고 떨어진다

원통보전을 돌아나오는 소리 온몸을 던져 깨지는 소리
귓뿌리가 빠진다

바다로 모든 귀가 열린다 도둑처럼 귀가 밝아온다

빈집

살갗을 꼬집어보고 숨내를 맡아보아도
찾을 수 없는 집 한 채

땅거미가 두 발을 쳐들고 산등성이를 넘어갑니다
대나무 옷깃 스치는 소리 저녁새들이 날아갑니다

구름 다리를 지나 대나무 숲을 지나
산자락 몇 굽이를 돌아나왔을 때
주인 없는 암자 한 채 있습니다

당신은 길을 잘못 들었습니다 이곳은 길이 아닙니다
돌아가십시오

문 앞에 쓰여진 글을 보고 잠시 멈춰 섰습니다
문을 열고 들어서니
누군가 오래전에 살다 나간 집인 듯
문턱이 닳아 있습니다

부엌에 들어 주전자를 내오고
방안에 들어 찻물을 내리며
없는 주인과 마주 앉아 차를 마십니다

풍경 소리 들리는 집에 들어
먼 산을 바라봅니다
두륜산 머리에 떠오른 붉은 달을 빈방에 들입니다
돌아갈 집이 없는데
누가 나를 들어 집을 짓는지
만 리 밖에서 못박는 소리 들립니다
바람을 들이고
물 흐르는 소리 들입니다

문 앞에 솔가지 하나 얹혀놓고 대문을 나서는데
낯선 여자가 문득 손목을 잡으며 묻습니다

주인이십니까?

사라진 사람

그림자가 옅어졌다 짙어진다 세시 삼분이다
경비실에서 인터폰이 울린다 세시 사분이다
택배 물건을 찾아온다 세시 구분이다
주머니 속 동전을 만지작거린다 세시 십분이다

내가 숨을 멈추고 창을 바라보는 순간
바람이 몸을 뚫고 지나갔다 세시 십일분이다
그림자가 영점 오 미터 밀려 나 있다
세시 십이분이다
바람이 창문 세 개를 건너갔다 세시 십삼분이다
붉은 지붕 위로 새 세 마리가 날아갔다
세시 십사분이다
허공이 세 번 움직였다 세시 십오분이다
두 발을 딛고 선 바닥이 푸욱 꺼졌다
세시 십육분이다
바닥에서 그림자들이 웅웅거렸다 세시 십칠분이다
허공을 찢고 새들이 날아간다 세시 십팔분이다
살비닐 하나 바닥에 떨어졌다 세시 십구분이다

내가 몸을 한 번 뒤척일 때마다
내가 사라지고 그 자리에 그림자가 채워졌다
세시 이십분이다
아파트 지붕 위에서
새 한 마리가 느릿느릿 원을 그리고 있다
세시 이십일분이다

3부

나뭇잎이 떨어지지 않았을 때

나뭇잎이 떨어지지 않았을 때

우뚝 솟은 나무들이 숨을 쉬고 눈과 입들이 대지를 빨아
들일 때
나는 아직 가벼워지지 않았다

내가 갈참나무 우듬지에서 봄과 여름을 견디고 있을 때
손바닥의 진실은 잎사귀 뒤에 감추어져 있었다

숲에서 발정기의 짐승들이 교미를 할 때
저녁 나무 아래에서 아이들이 태어나고 노을이 처마까
지 밀려왔다

내가 미루나무였는지 호랑가시나무였는지 모를 때
잎맥 사이로 신경망이 떨리고 수액이 몸통을 타고 올라
왔다

11월의 그림자가 물결을 이루고 산등성이가 부풀어 올
랐을 때
나는 침묵을 담는 한 그루의 나무로 서 있었다

바람이 불어오는 곳으로부터 떨어지기 직전
저 궁릉 속에서 나는 내 얼굴을 향해 달리기 시작했다

머리카락이 자란다

화장대 앞에서 젖은 머리를 말린다 물방울들이 어깨를
타고 흐른다 롤빗 속에 엄마의 머리카락이 촘촘히 박혀 있
다 한 올 한 올 머리카락을 빼내는데 내 머리 뿌리가 뽑혀
바닥에 떨어진다 손바닥 위에 한 움큼의 머리카락을 올려
놓고 거울에 비친 내 얼굴이 젖는다

한 손에 롤빗을 들고 머리를 둥글게 볼륨을 살려본다 돌
돌 말았다 납작하게 눌러 본다 위로 제쳐 상고머리처럼 틀
었다 웨이브를 한쪽 어깨로 내려본다 납작 머리 만들었다
가 곱슬머리 만들었다가 엄마의 헤어스타일을 따라해 본
다 젖은 머리를 뒤로 젖히고 돌아본 순간 거울에 비친 엄마
의 얼굴 머리를 감고 수건을 목에 두른 엄마가 거울에서 나
를 보고 있다

어느 날 엄마의 옷장이 정리되었다 옷가지들이 태워지
고 구두와 핸드백이 쓰레기 봉투에 담겨졌다 엄마가 누워
있던 침대가 버려졌다 엄마의 카드와 통장이 정리되고 엄
마의 손때 묻은 책들이 이사를 갔다 엄마가 떠나고 우리 집

이 조용해졌다

　엄마 화장대에 앉아 머리를 빗는다 머리카락이 길어진
다 거울 속에서 노래를 부르는 엄마의 목소리가 들린다 빈
방에서 엄마의 향수 냄새가 난다 엄마의 머리칼을 가지고
노는 밤 내 머릿결 속에 엄마의 머리칼이 들러붙는다 거울
속에서 머리를 곱게 말아 올린 엄마가 나를 보고 있다

시구문 밖 산사나무

북한산 원효봉을 오르는데
저기 산사나무까지 열두 걸음이다
죽음이 드나드는 문이 거기 있다
시신을 실어날랐을 노새와 수레를 찾아
구불구불 산을 오른다
노새를 묶어두어야 할 곳까지 왔을 때
폭설이 내린다
죽은 자의 입안에 넣은 쌀 한줌처럼
눈발이 떠돈다

한 죽음이 한 죽음에게 조문을 간다
평생 바다를 떠돌던 한 죽음은
제 몸을 떠메고 갈 사람이 없다
운구할 사람이 없는 관을 떠메고
산을 오른다
발밑으로 강이 흐르고 머리 위로
죽은 것들이 살아서 불려간다
눈은 푹푹 내리는데

무덤 앞에 돌멩이 하나 얹혀 놓고
산을 내려온다

구불구불한 나무뿌리를 하나 세워들고
산모퉁이를 돌아간다 다시 폭설이다
막, 나무껍질을 열고 나온 그림자 같은 것이
나를 떠매려고 끙끙거린다
바람에 실려가는 내 죽음이 앞서 가고 있다
아득히 저 산사나무와 무덤 사이
열두 걸음이다

뱀파이어 신부

두 팔을 흔들며 고해소로 가자
우리의
숨겨둔 죄를 고백하자
서로의 몸을 찌르며 피를 나누자

쉿! 성당 안은 캄캄해
계단을 조심해
저 어두운 계단을 타고 올라야 고해소가 나와
삐걱거리는 뼈의 벽은 천지창조의 모자이크
지하 3층은 영안실이야
켜켜의 관을 밟고 올라가 스위치를 찾아야 해

그러나 지금은 사순절
모두 묵상 중
발자국 소리도 내면 안돼
자매님, 무슨 얘기? 아아 짧게 말해요
대기자들이 저렇게 줄을 섰잖아요
그럼요

화덕 앞에서 만난 사람들처럼
구수한 사이는 없답니다

무슨 죄를 먼저 고백할까요?
나는 당신의 얼굴을 본 적이 없어요
언제 내 목덜미를 화악 물어 주실래요?
당신의 하얀 송곳니만 기억할게요
어지러운 신발들 사이에서 겨우 묵주를 찾았다니까요
텅 빈 보속 한 줌을 받아 들고
거리로 나가 빗물처럼 기도해야 해요

이봐요 우리 서로 보혈을 핥으며 사랑하면 안 될까?
십자가에서 흘린 피들을 모아 다시 몸을 만들면 안될까?
저 봐요
하루의 검은 수단 밑으로 당신의 하얀 발이 보이잖아?

거리 케스팅

친구들과 놀이동산에 놀러 갔어요 햇빛이 굴렁쇠를 굴리며 지나가요 유리창에 반사된 사람들의 눈빛 모두 나를 힐끔거리네요 예감은 언제나 뒤통수를 때리죠 인기척을 느끼고 뒤돌아 보았을 때 나무 이파리만 바람에 흔들렸어요

누군가 저 길 끝에서 그림자를 드리우고 서 있어요 서서히 프레임 안으로 걸어오는 그림자, 왜 자꾸 나를 따라오세요? 명함 한 장만한 햇빛이 손바닥에 쥐어줬죠 햇빛 엔터테인먼트 문득 손바닥이 따뜻해졌어요

몸을 숨기려고 해도 소용이 없네요 어둠 속에서도 그는 사라지지 않고 눈망울을 두리번거려요 강변 다리까지 걸었죠 다리 난간에서 비린내가 나구요 제비갈매기 울음소리 들려요 어두운 골목으로 숨어도 나를 계속 쳐다보고 있네요

햇빛, 바람, 산, 파도…… 난, 케스팅 당한 건가요? 나를 엿보는 정체불명의 그것에서 긴 그림자가 떨어져 나가요

그때 내 얼굴은 햇빛에 검게 탔어요 한 아이가 나를 계속 쳐
다보며 햇빛 바람을 뒤섞어 굴리며 골목을 빠져 나가네요

마운틴 오르가즘

　　백구대간 33구간을 오른다 산돌배나무 거좌수나무 벼락
맞은 신갈나무 백인교 당집을 지나서

　　산을 오른다 오른다 오르… 오르…… 가즘 얼굴이 확확
달아오르고 숨이 가빠온다 허파가 찢어질 듯하다 땀이 목
덜미를 타고 흐른다 칡뿌리를 잡고 바윗돌을 타고 오른다
무박산행 하늘을 보고 누웠다 내 몸이 대형스크린 속으로
빨려 들어간다 가랑이 사이로 별들이 쏟아진다 몸에 닿는
모든 것들이 발정난 암코양이 같다 무수한 당신, 무수한 눈
알들이 보인다 하늘은 지금 두 마리 뱀이 꼬리를 물고 있
는 형국이다 제 몸을 납작하게 뻗쳐 눕힌, 거꾸로 덮치는
그 무수한 당신과 내가 나뒹굴고 있다 느티나무 잎사귀들
이 흔들린다 나무는 잎잎마다 눈알들이 들러붙어 가쁜 숨
을 몰아쉰다 빛인지 어둠인지 내 몸 속으로 들어온 당신의
몸이 솟아오른다 별밭에 몸을 내던진 환상적인 전열로! 오
르…오르… 오르가즘

선암매

육백 년 묵은 매 한 마리 날개를 펼친다
무우전 담 안 둥둥 북소리 들린다
하늘로 솟구치는 순간 몸 속의 숨을 멈추었다
두 날개 아래로 바람을 불러 모은다
하얀 버선발 끝이 바위에 착 달라붙었다
번쩍, 허공으로 뻗는 발자국
춤추며 날아오르는 발끝 벼랑이다
이 바람은 어디서 불어오는가
삼월의 바람을 타고 매가 날아오른다
발 아래 구름이 가맣다
뒤돌아 본 순간 천매 사라지고 없다

바람의 뿌리

콘크리트 외벽을 뚫고 문틈으로
발을 디밀고 들어온다
방안에 갇혀서 몸을 둥글게 말고 돌아다닌다
산을 내려올 때 발부리에 부딪혔던
나무뿌리가 바람의 살에서 만져졌다
그 몸에서 뿜어져 나오는 뜨거운 것

출구를 찾지 못한 뿌리는
머리를 벽에 들이박다가 현관으로 달아나
쩔렁쩔렁 열쇠 꾸러미를
흔들다가 사정없이 문을 때린다
이백 개가 넘는 내 뼈들이 부서져 내린다

바람이 내 몸을 넘나드는 밤
나는 어머니의 골다공증을 다 앓아야 하리
저 들판의 광목을 찢으며 뼈들 사이에
쇠못을 박는

안자일랜*

북벽은 얼어붙었다 깎아지른 듯 수직으로 뻗어 있다 매
서운 눈과 바람에도 위세당당하다 아이거 북벽은 나와 당
신을 안자일랜한다 이제 그와 나는 하나의 자일에 묶여 있
다 어떤 일이 닥쳐도 난 당신을 놓을 수가 없다 같이 가는
거야

경련이 일어난 얼굴, 몸을 고정시키려고 버틴 두 다리,
다시 시작하려고 쭉 뻗은 팔, 기진맥진한 몸은 이미 얼음이
다 바람이 거세게 불어대지만 몸은 신열로 끓어오른다 멀
리 구름바다가 보인다

저 산 꼭대기 뒤에는 신들의 소굴, 공기도 깊이도 없는
곳으로 우리는 순식간에 굴러 떨어질지 모른다 신들의 크
레바스를 지나 하얀 거미등을 타고 오른다 눈폭풍이 몰아
온다 자일이 흔들린다 왜 우리는 저 투명의 죽음에 목숨을
걸고 올라야 하나?

사람을 갈퀴처럼 빨아들인 빙벽이 하얗게 이끼로 자라

난다 배낭끈을 조이다 갑자기 악, 외마디가 들리고 순식간
에 배낭이 시야에서 사라졌다 당신, 끈을 놓지 마 눈사태와
낙뢰를 견뎌야 해 돌 같은 눈덩이가 굴러 떨어진다

눈처마가 무너져 내린다 저 눈사태에 휩쓸리면 북벽 하
단에 입을 벌리고 있는 크레바스 속으로 추락할 수도 있다
저 빙하 속으로 가라앉을 수도 있다 나, 기어이 이 자일을
끊을 수도 있어

우리가 당도할 최후? 화려한 종말?
아이거, 아이거,
오! 아이거, 같이 가는 거야

* 로프를 서로 연결하여 등산하는 방식

식탁 위의 강물

냉동고에서 얼음 조각을 꺼낸다
꽝꽝 얼었다 손가락에 쩌억 달라붙는다
유리잔 속에 얼음 조각을 넣었다
얼음끼리 끌어딩긴다
유리잔은 뜨거운 김을 내뿜는다
맞붙은 얼음조각들이 떨어지지 않는다

서쪽으로 해가 조금 기울었다
믹서기에 오렌지를 넣고 간다
얼음 조각을 넣고 쥬스를 마신다
해를 가로 질러가는 새가
얼음의 시간을 물고 날아간다
식탁 위 사과 반쪽이 사라졌다
바깥 풍경이 꽝꽝 얼었다

유리잔을 흔들어 본다
얼음들이 부딪치는 소리가 투명하다
얼음과 얼음 사이에 물을 붓는다

얼음이 녹기를 기다린다
틈새가 벌어지고 얼음이 녹기 시작한다
비로소 비릿하니 물맛이 난다
얼음의 발등이 녹아내린다

얼음의 눈과 얼음의 팔로 꼭 껴안는다
얼음의 몸이 녹아내린다
유리잔 안에 물이 흘러넘친다
이윽고 아침이 녹아내린다

깡링*

구름 속에서 아이들의 목소리가 들려요 벌거벗은 몸으로 빗자루를 타고 내려와요 새들이 허공 속으로 물방울을 튀겨요 공기들이 허공에 새들의 몸을 새겨요

몸통을 흔들어 뼈 속에 공기를 가득 채우고 갈비뼈 아래를 힘차게 흔들며 흐린 공기의 마른 뼈 위로 뛰어 내려와 웃고 뛰노는 아이들이 보여요 시냇물에 몸 씻고 햇빛 속에서 반짝거리는 가장 낮은 숨소리 들려요

애들아, 집으로 가자 해가 지고 밤이슬이 솟는 구나 우리는 잠들 수 없어요 하늘엔 새들이 날고 들판에 양떼들이 가득해요 그래, 빛이 사라질 때까지 놀려무나 아이들은 까르르 웃고 언덕들은 메아리 쳐요

들숨 날숨을 따라 숨꽃으로 피어올라요 몸이 뜨거워지고 소리가 사라질 때까지 가슴 한가운데 텅 빈 곳에서 나비 날개가 파르르 떨릴 때까지 마른 뼈 속에서 엉겼다 흩어졌다 하늘을 다 빨아들이고 내 몸이 한 산맥을 넘어갈 때까지

* 사람의 대퇴부로 만든 티벳 악기

전선과 나무와 그림자

전선의 가닥가닥이 허공으로 뻗어 있다
계량기에서 뻗어져 나온 전선들이 벽을 타고 오른다
담 위 철조망을 넘어 가로등을 휘감고
슬레이트 지붕을 타고
옥상에 있는 TV안테나를 돌아간다
철거라고 쓰인 노란 딱지가 덕지덕지 붙어있는
벽을 휘감은 전선이 창문을 비집고 나와
허공에 집을 짓는다

전선이 지나가자 지붕 위로
주황빛 노을이 켜지고
머리 위로 가등이 켜지고

그림자 위에 올라앉은 새
나무가 몸을 일으켜 전선에 다가간다
전선은 지금 도둑고양이처럼
벽을 뚫고 옆집으로 옆집으로 건너간다
바람도 없는데 전선이 출렁인다

오래된 거울

거울들이여, 그대들 존재의 참모습을
알면서 묘사한 사람은 아무도 없다.*

내가 문을 열고 들어갔을 때
지붕 꼭대기에는 수탉 한 마리가 벼슬을 세우며 울고
마당가에는 맨드라미 자줏빛 몸이 닭 벼슬처럼 돋아나고
기둥에 매달린 둥근 거울 속에는
앞산이 첩첩이 들어앉고 그 위로
구름이 흩어지고
나무 끝에 매달린 물방울 속에는 구름이 되비추고

그것은 아주 작은 거울
그 속에는 낡은 옛집
아이 하나가 마당가에서 사금파리를 가지고 놀고
새 한 마리 가지 끝에 앉아 있고
새 소리는 나뭇가지를 타고 이 산 저 산 옮겨 다니고

뭉게구름 같은 할아버지들이

흐린 거울 너머로 숲이 휙 휙 지나가고

* 라이너 마리아 릴케 「두이노의 비가」

암에 걸린 일요일

　바나나 하나를 집어 껍질을 벗겼어 한 입 먹고 오십 번 씹으면 일요일이 조금씩 밀려났어 바나나 껍질은 너무 두꺼워 씹으면 씹을수록 질겨 머리카락이 한 움큼씩 빠져 움푹 꺼신 낭신 얼굴에 혀를 박고 먹다가 죽을 것 같아 빨랫줄에는 색색의 팬티들이 펄럭이고 오늘은 피아노가 기분 좋은 날 피아노가 마음을 연 날 어디로? 감정 쪽으로? 브람스는 너무 지루해 일요일엔 바나나를 삼키다가 세 시간쯤 구토나 할까? 바나나는 나오지도 않고 목구멍에서 한 덩이 종양이 된 바나나

　바나나 보트를 타고 미끌미끌 미끄러지고 싶어 생각에 빠지는 건 바나나 보트처럼 위험한 일 바나나는 오십 번도 넘게 씹어야 하지 씹고 씹으며 그런데 얼마나 많은 일요일이 남아 있는 거야?

얌얌트리

배가 너무 고팠지요 이렇게 배가 고픈 건 처음 있는 일이
에요 그래서 우리는 얌얌트리에 갔어요 오즈의 마법사에
나오는 회오리바람처럼 공복감이 밀려 왔어요 얌얌트리를
먹으면 우울증이 해소된다잖아요 얌얌트리 얌얌트리……
이것이 갱년기와 무슨 관계가 있는 건가요 지그문트 프로
이트라면 알 수 있을까요 참 이상할 정도로 강렬한 것이었
어요 시도 때도 없이 말랑말랑한 것이 먹고 싶었어요 그래
서 얌얌트리를 먹으러 빌딩 숲 모퉁이를 돌아가지요 사과
나무, 체리나무, 복숭아나무, 아몬드나무…… 그곳에는 여
러 가지 토핑이 자라고 있지요 난 군침을 삼키며 토핑들을
바라보았어요 내 끝도 없는 굶주림을 채워 줄 그런 나무는
습기를 먹어 아주 말랑말랑해져 있었어요 우리는 오늘도
살 비린내가 먹고 싶어 얌얌트리에 가지요 숨을 들이마시
며 얌얌트리를 먹어치우지요 내, 안, 으, 로, 받, 아, 들, 이,
며…… 동시에 그, 안, 으, 로, 들, 어, 가, 도, 록…… 보이는
것도 들리는 것도 아닌 그거 배고픔 속으로 까마득히

4부

침대 밑에 악어가 산다

저녁을 건너가는 나비

날개를 퍼덕이자 물방울 흩어진다

나비 한 마리가 물 위에 퍼득이는 사이
날이 어두워지고
나무 몇 그루에 풋과일 열리고
가지 끝에 새 한 마리 앉았다 날아가고
거미 한 마리 공중에 줄을 타고 걸어간다

백일홍에 앉아 있는 검은점호랑나비
발이 물결 위에 떠서 가라앉지 않는다
물바닥이 보이지 않는다

빗방울이 물갈퀴로 풍경을 내리친다
휘청 꽃대가 부러지고 가지가 휜다

빗발이 나비의 발목에 잡혀 떨어지지 않는다
들판을 걸어 온 나비 날개 찢어지는 소리 들린다

물결이 둥글게 일고 내 안이 패인다

낙천대 노인정

더풀개는 더풀 집어다 남의 입에 잘 넣어 준다 두루뭉실
하게 생겼다 이래도 한 철 저래도 한 철 욕심이 없다 예쁘게
별명을 지어 달래서 꽃다발이라 불리어지기를 좋아한다

지줄개는 지주새 모양으로 잘 지저귄다 야심이 없고 변
덕이 죽 끓듯 한다 여기 붙었다 저기 붙었다 한다 오후에 짤
깍 나타나 지저귀다가 사라진다

발발이는 발래발래 왔다가는 남의 말을 잘 일러 준다 속
이 요만해 가지고 조그만 일 가지고도 발발발 떤다 회장님
비서하기에 딱이다

딱따구리는 딱딱 틀니를 부딪치며 말한다 허잽이라고도
부른다 걸음걸이가 흔들흔들 한다 꼭 각설이 같다 입을 하
도 놀려서 딱따구리모양으로 뚝 뛰어 나왔다

늑대는 늘신늘신 맨날 방바닥에 축 늘어져 있다 늑대같
이 앙크랗게 간격도 모르고 욕심이 많아서 고도리를 할 때

면 돈을 감추어 놓고 내놓지를 않는다

콩딴이는 콩콩 콩알만치 키가 작달막하다 유식하다 정
치 돌아가는 걸 잘 안다 신문을 읽고 정부 보조금이 나왔다
고 알려 주기도 한다 방방곡곡을 돌아다니지 않은 곳이 없
다

좌상 어른은 올해 아흔 셋이다 점잖고 남의 일에 간섭하
지 않고 분부만 내린다 그녀가 한마디 하면 모두 복종한다
말귀가 어둡지만 서비스가 좋다

더풀개는 더풀대며, 지줄개는 지줄대며, 발발이는 발발
대며, 콩딴이는 콩 튀듯이 좌상 앞에 모여들었다

무슨 사단이 났나보다 가래떡을 나누어 주었는데 더풀
개가 가져가 놓고는 안 가져갔다고 우기는 바람에 노인정
이 발칵 뒤집혔다

북미륵암마애여래좌상

나를 들여다보는 저녁
눈을 감으니 벼랑 끝이다
내가 공중에 떠 있다 큰 바위덩어리를 매달고
하늘에서 어둠이 쏟아져 내린다

당신이 누워 있는 이 바위 속에 내가 있다
수 천년 동안 태어나지 않은 나
내가 한 번도 만나보지 못한 나

내가 바위에 몸을 새기는 동안
뱀 한 마리 지나간다
당신이 들여다보는
썩지도 않는 저 바위 속 춥다
빛 한 방울 새어나오지 않는다

온몸에 바늘을 꽂고
소나무 한그루 바위 속으로 뿌리를 뻗는다

겨울강

꿈에 똥덩어리가 떠내려 오잖아 몽실몽실 김이 나는 게
얼마나 탐스럽던지 똥덩어리를 건지려고 강으로 들어갔잖
아 손에 잡힐 듯 잡힐 듯한 그 놈을 고만 놓쳐 버리고 아이
만 간신히 건져 나왔제

돌도 지나기 전에 영문도 모르게 하나씩 죽어 자빠지는
데 새끼 잃은 느그 아버지 맨날 술로 살았제 애둥이 같은 것
을 포개기에 싸서 뒷산에다 묻고 돌아온 느그 아버지 맘이
성할 날이 있었겠냐

새끼 열 넷 가운데 살린 게 니 혼자다 하두 귀한 새끼라
광주리에 담아 길렀제 저 바닷가 젊은 무당을 느그 어머이
삼았제 칠월칠석이면 쌀 한 말 이고 가서 무당 앞에 절하던
거 기억 안 나나? 그래 지금도 사람들이 나를 광주리 에미
라 하제

퍽! 새끼를 쏟아내니 글쎄 부들자리에 물이 홍건하더라
새끼 낳고 다음날로 갯목으로 가서 얼음 깨고 무명 홑청을

치대는 데 한나절이 다 가버렸제 쩍쩍 갈라진 얼음 조각 위
로 기골이 장대한 느그 할머니 얼굴이 어른거려 부랴부랴
잰걸음으로 돌아오는데 저 강 건너 매서운 바람이 귓떼기
를 때리며 펄떡 빨래를 걷어 가는 거라

　　논두렁에서 흙투성이가 된 걸 줍느라 허덕거리다 헹구
려고 다시 갯가로 돌아갔잖냐 날은 어두워지고 시퍼런 달
빛이 호랑이 눈처럼 따라오는데 사립문 밖에서 느그 할머
니 목소리 들리고 그 길로 고만 쫓겨나서 남의 집 울안에 숨
었제 먹감 같은 가슴 그러안고 귓속엔 새끼우는 소리 들리
고

굿모닝!

굿모닝! 커튼씨, 내가 당신을 젖히고 우장산의 나무를 바라볼 때, 글쎄 아침 공기가 손끝으로 톡톡 튀어 올랐어요 나는 수도꼭지를 틀고 식기 씻는 소리를 끌고 다녔어요 앞집 아저씨가 강아지를 안고 산책을 가는 것이 보였어요 흐트러진 침대 위에는 지금 막 햇살이 페이드인 되는 중! 굿모닝!

손톱 밑의 무좀도 찌근거리는 두통 비염 알레르기…… 모두 굿모닝! 어느새 슬그머니 식탁 옆에 앉은 햇살도 U자를 그리며 날아가는 새 한 마리도 굿모닝,!!!

코스피 지수 2000포인트 돌파, 아하, 굿모닝! 아파트 옥상에선 아이들이 자꾸 떨어지고요 다이아몬드를 주으러 검은 대륙에 갈까요 한 무더기 여자들이 러시아 인형을 사러 상트페테르부르크로 가고 있어요. 나는 주거래 은행을 바꾸었죠. 플라이 투 더 스카이, 올 여름은 지루한 장마가 계속 될 거라나요, 태풍 갈매기는 지금 오츠크해를 지나고 있대요 굿모닝!

그렇게 불러 보고 싶었던 당신, 굿모닝! 하고 혀끝을 살짝 튕길 때 물방울처럼 튀어오르는 이 생동감, 자, 우리 별걸 다 궁금해 하자구요 가령 하루는 얼마나 긴가? 한 번 날아간 새는 왜 돌아오지 않는가? 아침 하늘을 찢고 날아간 비행기는 어디로 갔는가? 아이, 씨, 굿모닝!

아직도 손가락은 죽음을 만지고 있다

나리꽃 한 송이가 유리병의 물을 다 빨아들이는 동안
길어진 손톱에 파란 매뉴큐어를 칠했다
하늘 가장자리에 매달린 손가락 하나가 출렁거리는
저녁 나절이었다

아버지의 체온이 싸늘하게 식어갈 때
나는 아버지의 손가락을 붙잡고 놓지 않았다
온몸으로 고인 핏물을 밀어낸 자리
굳어져가는 손가락을 주무르며
내 귀에 들리지 않는 손의 중얼거림을 들었다
슬픔이 흘러나온 자리
손끝에서부터 파란 반점이 내 몸을 타고 올라왔다

나는 손가락 하나에 매달려 선산으로 갔다
해가 숲 속으로 떨어질 때
손가락 하나가 산을 내려오고 있었다
나뭇가지 끝에 산짐승을 주렁주렁 매달고
강을 건너가는 손가락 하나가 보였다

손목에서 손가락들이 갈라져 수맥으로 흐르는 소리
들렸다
누런 손가락에서 썩은 흙냄새가 났다

숨을 깊게 들이쉬면 손가락 하나
문턱을 넘어 오지 못하고 머뭇거리고 있다
손가락이 이유 없이 길어진 저녁이었다

오로라 통신

내 닉네임은 오로라야. 공중에 떠다니며 팡팡 매화포를 쏘고 다니는 오로라 밤하늘에 폭포같이 쏟아져 내리기도 하지

안녕! 당신, 난 현재 캄차카반도 상공에 떠 있어 LA를 지나 알래스카를 거쳐 서울로 가는 중이야 정남향과 정북향에 떠 있는 두 물체를 발견했어 어느 것이 태양인지 달인지 구분할 수 없어 지금 북극은 백야니까 남쪽에 떠 있는 것이 달이고 북쪽에 떠 있는 것이 태양일 거야 태양은 북쪽에서 떠서 남쪽으로 지는 거야 난 동쪽에서 서쪽으로 이동 중이야

당신, 잠들지 마! 내가 전송하는 사진을 열어봐 두 물체를 한 장에 담을 수가 없어 오늘이 며칠이지? 아, 당신 시간에 속지마 북극 꼭지점에서는 제자리에서 한 바퀴 빙 돌면 지구 한 바퀴 돈 것과 같아 내가 없는 동안 하루가 짧아진 거야 난 동시에 두 장소 LA와 서울에 있고 싶어 북극에 있으면서도 남극에 있고 싶은 거지

지금, 내가 할 수 있는 일은 당신을 깨우는 일이야 동시
에 집과 하늘에 있어 집에 있으면서도 해와 달을 통과하는
당신을 보고 싶어

고독사

나는 죽은 지 백일 만에 발견되었습니다
나는 퀘퀘한 냄새로 골목을 휘젓고 다녔지만
눈치 채는 사람은 없었습니다
냄새가 내 몸을 다 잡아 먹을 때까지
냄새의 구렁으로 벌레들이 스멀스멀 기어들었습니다
살이 녹아내린 자리
곰팡내가 비닐 장판에 눌러붙었습니다
문 앞에는 청구서가 냄새에 취해 쌓여 있고
전화벨이 냄새를 휘젓고 다니다 뚝 끊어졌습니다

아침마다 햇빛이 나를 찾아 왔지만
블라인드로 가려진 방에서
나는 뼈다귀를 물고 있는 강아지처럼
냄새를 물고 있었습니다
살이 녹아내리는 자리
달빛이 블라인드 사이로 칼끝을 들이밀었습니다
칼날들이 우수수 떨어져 내렸습니다

인구조사를 해도 소용 없습니다
당신들이 나를 찾으려면
냉장고에서 새어나오는 빛을 따라가야 합니다
냄새의 문을 열고
부패한 냄새와 화악 사귀어야 합니다
백일 동안 발효된 악취와
끈적끈적한 공기와 사귀어야 합니다
그것이 나의 유품입니다

이 썩은 냄새가 폭발하기 전에
누가 이 잔해를 처리해 주시지 않겠습니까?

엄마의 방

아랫목에 몸 푼 딸이 누워 있다
일주일 만에 윗목에 죽은 엄마가 들어온다
아이가 곰실대며 엄마의 젖을 찾는다
딸이 눈물로 엄마의 시신에 화장을 한다
눈물로 뼈를 씻기고
빨간 루즈를 칠하고 검게 눈썹을 그린다
화운데이션을 바르고 분단장을 한다

탯줄을 자른 자궁에, 젖몸살을 앓은 유두에,
평생 거친 것만 골라 잡수신 입술에,
세월이 다 새어나간 손가락에,

죽어서야
비로소 몸에 꽃물 들이는 엄마
유선을 타고 꽃물 들인 젖이 흘러내린다

심야 고속도로

어두운 길을 걸을 때 당신은 빛이 있는 쪽으로 걷지 않나
요? 그 불빛을 당신의 장례식장으로 정했다고 해서 내 여
행이 죄스러울 건 없겠죠 당신이 뱉어낸 가래침으로 밤의
이미지를 만들어 봐요

전조등을 끄세요 새들은 은신처로 돌아가고 까마귀가
요철처럼 올라앉은 산등성이 위로 달콤한 달이 떠올라요
근육질의 아스팔트 위로 두려움을 감지한 자동차가 떨려
요 나는 비명을 지르는 당신의 손톱을 잘라 버릴 거예요 당
신은 영원히 안 보일 수는 없어요

길 위에 밤이 잘게 부서져 내려요 한밤의 도로는 빛의 산
란장이에요 살아있는 것이 되기 위해 연습 중인가 봐요 딱
정벌레 같은 것들이 굴 입구를 향해 올라와요 나는 갓길에
앉아 한 마리씩 잡아 양미간과 가슴팍을 때려 눕혀요 눈 깜
짝할 사이 거세된 빛이 살아나요

발가벗고 몸을 구부려 빛의 알을 품어 봐요 분홍빛 젖꼭

지를 물려요 허공을 떠다니는 두 몸의 격투 두 개의 육체,
두 개의 세계, 두 개의 태양

당신은 어느 길에 잠들었나요?

강아지가 먼지꾸리를 굴리듯

곁에서 졸던 강아지가 갑자기 구석으로 뛰어가요 바닥에 굴러다니던 먼지꾸리를 좇아가요 제 그림자에 놀라 도망쳐요 다시 먼지꾸리를 노려보다 허공에 대고 헛발질을 해요 발에 밟힐 때마다 실타래처럼 굴러다녀요 여러 꾸리를 한꺼번에 굴려 발로 차기도 해요 콧바람으로 날려보기도 하고 제 등에 얹혀 놓고 마음대로 가지고 놀아요 장롱 밑에 쌓인 먼지가 기어나와요 이불에 들러붙어 있던 먼지들이 공중으로 날아가요 술, 술, 제 몸을 허공에 풀어놓아요 진공청소기 주변엔 얼씬거리지도 않는 먼지는, 거실의 네 귀퉁이 책장 작은 모서리 책 사이사이에서 숨어 있는 먼지는, 해가 뜨면 쥐똥나무 이파리처럼 나타났다 사라지는 먼지는, 두 발을 쳐들고 공 굴리듯 하며 이 모퉁이에서 저 모퉁이로 전화벨이 울리면 배를 뒤집고 노는 강아지처럼 즐거워요 발치에 밟힌 먼지꾸리가 뭉치가 되어 가을 햇살처럼 터져 나와요

호박죽 끓이는 날

거실 한 귀퉁이에 엉덩이를 깔고 앉아 있는
호박이 있다
발톱으로 넝쿨을 잡고 있는 손이 있다
풀숲에 숨어 들어가 바지를 내린
늙은 여자의 엉덩이가 있다

어머니를 목욕시키는 날
물컹한 자궁에 가을이 들어 단내가 난다
혼자 입지도 벗지도 못하는 어머니가
똥 싼 아랫도리를 물끄러미 내려다본다
꽃무늬 팬티를 벗기고 아랫도리를 씻긴다
벌린 가랑이가 한숨을 쏟아낸다
민구해서 고개를 돌린 어머니를 부둥켜 안고
오목 항아리 닦듯이 씻긴다
치골 근처에 자라 오른 질긴 꽃순이 만져진다
음모 몇 가닥이 만져진다

어머니는 호박죽처럼 순해졌다

몸을 더듬거리는 손을 꽉 움켜잡으며
어머니가 흥얼거린다
아버지가 호박밭에 거름 저다나르며
흥얼거리던 노래를 따라 부른다

가가 가다가 고고 고기잡아 구구 국을끓여
나나 나도먹고 너너 너도먹고

에미야!

아흔 먹은 에미와 종일 보낸다

에미야! 에미 어디 갔냐?

누군가 나에게 걸어오면서 에미라 부른다
나는 자꾸 에미가 되어간다

슬그머니 문을 열고 늙은 에미를 본다
그는 누구인가

어쩌다 에미가 되어버린 에미는
에미가 되지 않으려는

에미의 잠을 지키고
에미의 설거지통을 지키고
에미의 밥상을 지키고
싫다는 에미의 입에 밥을 떠 넣는다

죽어도 에미가 되기 싫다는 에미가
에미야! 에미 어딨냐?

화장실에서 거실에서 배란다에서
무수히 많은 에미가 태어난다
큰 에미 작은 에미 큰 에미 작은 에미

에미가 태어나지 않았을 때
돌은 돌이고 나무는 나무였던 것처럼

저 어둠 속 어느 담벼락 아래
머리 맞대고 있는 돌멩이들도 에미였을까?

누군가 침대에서 쿵 하고 떨어지는 소리 들린다
에미야!

침대 밑에는 악어가 산다

악어가 지그시 눈을 감고 배를 툭툭 치고 있어
애야, 잠이 오지 않으면 휘파람을 불어 보렴,
악어, 아거, 아가야
휘파람을 불면
네 목에서 가지가 뻗어 나와 하늘로 오를 수 있단다
휘파람이 불어지지 않아요 엄마
네 목엔 휘파람새가 없나보다
휘파람새가 네 잠을 물고 갔나보구나

엄마는 손가락 배꼽의 끝을 악어에 물린 채 잠이 들고
잠 속에도 악어는 아가리를 벌리고
엄마는 눈물을 흘리며 강가를 헤매고

그렇게 엄마는 밤마다 악어와 싸우고
악어 때문에 엄마의 자궁은 찢어질 것 같고
엄마는 하염없이 아기의 잠에 물이 차오르길 기다리고
악어의 심장 속으로 더운 피가 지나가길 기다리고
악어의 잠이 달집처럼 부풀어 오르길 기다리고

뱃속에 물이 너무 차올랐군
이윽고 엄마는 앰블런스에 실려 가고
얼굴도 꼬리도 못 본 악어는
그만 물속으로 사라져 종적을 감추고
악어야 아거야 아가야
눈물을 흘리며
악어를 불렀지만 소용이 없고

그리고 몇 년 몇 월 몇 시였는지
엄마의 뱃속에 다시 악어가 발길질을 하고
자, 자궁 좀 빌려주시겠어요?

내 안의 타자가 흘러나오는 곳은 어디인가

김기택 시인

내 안의 타자가 흘러나오는 곳은 어디인가

김기택 시인

있으면서도 없고 없으면서도 있는 것. 보이지는 않지만 눈과 코처럼 몸에 붙어서 말과 행동과 표정을 만드는 것. 보이는 것과 보이지 않는 것이 구분할 수 없을 정도로 붙어 있고 얽혀 있고 섞여 있는 몸. 늘 보고 겪으면서도 나는 내 몸이 궁금하다. 내 것과 같으면서도 다른 타인의 몸과 삶을 엿보고 싶어 한다. 시를 읽는다는 것은 보이는 몸과 보이지 않는 몸 사이, 내 몸과 다른 몸의 사이, 그 사이에 일어나는 수많은 사건들을 읽는 일이기도 하다. 시는 이 사건들의 내밀한 기록이다. 시는 우리가 읽어보지 못한 몸과 삶을 처음 만나는 것 같은 즐거움을 준다. 첫 시집이라면 그 즐거움은 더욱 클 것이다. 이은 시인의 첫 시집에는 어떤 사건이 기다리고 있을까.

1. 상처

이 시집에서 먼저 눈길을 끈 것은 몸속의 보이지 않는 상처에 대한 강렬한 호기심과 이것을 향해 먹잇감을 본 맹수처럼 달려들고 추적하는 시인의 태도였다.

안젤라를 지하실에 버린 건 아버지였다 아버지는 갓난애를 아랫목에서 윗목으로 내쳤다 아기는 태어나자마자 죽었다고 식구들에게 말했다 죽었다던 아기는 악을 쓰며 울어댔고 죽었는데도 우는 울음을 막을 수 없자 아버지는 이불로 둘둘 말았다 그치지 않는 울음을 끌고 지하 창고로 내려갔다 닫힌 문 속에서도 아기는 울음을 그치지 않았고 천정에 매달린 거미가 부르르 떨었고 먼지투성이 판자들이 흔들거렸다 삽 곡괭이 호미자루가 넘어졌고 산더미같이 쌓인 감자가 들썩거렸다 아버지는 벽으로 마룻바닥으로 그 붉은 울음을 막으려했으나 울음은 틈새마다 삐죽삐죽 올라왔다 하룻밤 지하실에서 저 혼자 지쳐 잠들고 깨어난 울음은 마룻바닥 틈으로 새어 들어오는 빛을 보았다 빛을 본 울음은 한 가계의 모가지를 뚝뚝 분질렀고 함석지붕을 불덩이로 달궜고 감자알들을 푹푹 썩혔고 하염없이 가라앉아 갈분이 되어 갔다 어느 날 울음은 검은 수도복을 걸치고 지하 창고를 나와 수도원으로 갔다 머리위에 갈분 같은 뽀얀 두건이 얹혀졌고 죽은 이름은 스테인드글라스에서 나오는 빛을 받아 안젤라가 되었다

— 「안젤라」 전문

　수녀가 된 여자의 삶이 간결하게 요약되어 있다. 여자가 수녀가 된 이유는 태어나보니 여자였기 때문이고 아버지는 아들을 간절히 원했기 때문이다. 아기는 유교적이고 남성중심적인 사회에 여자의 몸으로 던져졌기 때문에 지하실에 감금되는 터무니없는 상황을 견뎌야 했다. 거미를 부르르 떨게 하고 판자를 흔들리게 하고 지하실에 있던 연장들을 넘어뜨리는 울음의 힘, 아무리 막아도 모든 빈틈으로 새어나오고야 마는 울음의 힘이 아기가 겪었던 공포의 크기를 실감나게 보여준다. 울음이 드나들던 틈은 빛이 새어들어오는 틈으로, 지하실의 어둠은 검은 수도복으로, 지하실에서 푹푹 썩던 감자의 흰 분말은 뽀얀 두건으로 변형되는 이미지도 강렬하다. 이 이미지의 변형 속에는 여자가 수녀가 될 수밖에 없었던 이유가 힘차고 간결하게 압축되어 있다.

　이 시에서 아이가 자라 수녀 안젤라가 되었다는 사실은 원인에 대한 결과로만 읽을 수 없다. 안젤라 되기는 여전히 폭력의 상처와 싸우는 현재진행형이기 때문이다. 이 상처는 무엇이며, 나는 왜 그 상처에 구속되어 있으며, 평생 그 상처를 제 몸으로 알고 살아가야 하는 '나'는 무엇인가를 질문하는 과정, 그것을 견디고 싸우고 극복하기 위한 과정이기 때문이다. 수녀가 되었다는 것은 삶이 제기한 질문이 개인적인 차원에서 종교적인 차원으로 이동했다는 것이지, 답을 찾았거나 질문이 끝났다는 것은 아니다. 답을 찾기 어려운 더 크고 근본적인 질문이 기다리고 있을 것이다. 그러므로 '안젤라'라는 이름이 함축하고 있는 의문과 질문과 문제는 복합적이라고 할 수 있다.

시인이 주목하는 것은 한 여자를 수녀로 내몬 폭력과 상처의 고통이다. 이 폭력과 상처가 어떻게 어린 몸에 각인되고 몸의 일부가 되고 몸과 함께 성장하면서 변화하는가 하는 점이다. 이런 관심은 '울음' 이미지가 갖고 있는 에너지의 강렬함을 통해 확인할 수 있다. 그 에너지는 아버지가 이불로 둘둘 말아도 막을 수 없고, 지하실의 벽과 어둠으로도 막을 수 없고, '죽었다'는 말로도 막을 수가 없다. 그 에너지는 울음을 막는 모든 것들을 흔들거나 쓰러뜨리거나 뚫어서 제가 가야할 곳으로 가고야 만다. 그 강렬함은 폭력에 대항하는 생명의 강렬함인 동시에 공포와 상처의 강렬함이기도 하다. 그 에너지의 강렬함이 필연적으로 이미지의 변형을 만드는 것이다. 울음이 빛과 결합되면서, 울음이 드나드는 틈은 빛이 드나드는 틈으로, 어둠은 수녀복으로, 감자의 갈분은 뽀얀 두건으로 각각 이미지가 변형되는 마술이 일어나는 것이다. 이 변형은 어둡고 폐쇄적이고 정적이고 숨통을 조이는 이미지로부터 벗어나 밝음과 열림으로 향한 해방감을 준다.

「안젤라」에는 여성의 몸을 갖고 사는 시인의 관심과 문제의식이 녹아 있다. 그가 몸에서 일어나는 내면적 사건에 주목하는 이유는 자신을 괴롭히는 에너지 속에서 나도 모르는 '나'가 흘러나온다고 생각하기 때문인 것 같다. '나는 무엇인가'를 질문하는 방법은 셀 수 없이 많을 것이다. 그에게는 삶의 상처가 바로 질문으로 연결된다. 내면의 상처에서 흘러나오는 고통은 정체가 분명하지 않을뿐더러 나의 의지와 관계없이 스스로 움직이기도 한다. 저 상처 속에서 스스로 움직이는 놈은 누구인가. 나 말고 도대체 누가 저 안에 들어 있는가. 상처 속에서 먹고 자고 성장하고 늙으면서 스스로 괴로워하고 생각도 하는 놈은 누구인가. 이렇게 질문할 때 상처 안에 있는 주체는 나이면서도 내가 아닌 나, 즉 내 안의 타자가 된다.

썩은 미루나무 구멍은 따뜻했어요
이파리들이 부들부들 떨고 있었어요
머리 위로 손사래를 치며
아버지 발짝 소리를 밀어냈어요
날이 어두워지자 나무는 덧문을 닫았어요
나는 태아처럼 오그리고 잠이 들었어요
멀리서 개들이 잠속까지 짖어댔어요

아버지 날 부르는 소리 불바람 소리
문 닫은 나무를 되게 흔들었어요
불타는 소리로 계속 바람이 불었어요
모든 잎들이 불꽃처럼 구불구불 흔들렸어요
우듬지가 타들어가는 소리 들렸어요
― 「미루나무 주머니는 따뜻했던가」 부분

　　이 시의 화자는 술 취해 휘발유통을 들고 집에 불을 지르려는 아버지를 피해 미루나무 구멍 속으로 피한다. 아버지가 왜 그토록 화를 내고 폭력적인 행동을 했는지 아이는 알지 못한다. 아이에게 중요한 것은 아버지가 폭력을 휘둘렀다는 사실과 불에 타서 죽을지도 모른다는 두려움과 그 폭력을 피해 빨리 도망가서 안전한 곳에 숨는 일이다. 감각과 정서에 저장된 것은 머리가 잊어버려도 몸에 평생 동안 남는다. 화자는 제 몸에 각인된, 성인이 되어서도 몸과 함께 계속 살면서 성장하는 상처와 그 상처에서 지속적으로 재생산되는 폭력을 관찰한다. 화자가 주목하는 것은 폭력에 대한 선악이나 윤리적 판단이나 사회적인 의미가 아니라 폭력의 이미지가 갖고 있는 물리적 성질이다. 그 이미지의 역동적인 힘과 순수한 운동이다. 폭력이 하나의 오브제가 될 때 이미지의 물리적인 변형이 가능해진다. 이 시에서 그것은 불로 변형되어 있다. 그 불은 나무 구멍 안에 숨은 화자를 위협하는 불바람 소리, 불타는 소리, 흔들림으로 위협한다. "모든 잎들이 불꽃처럼 구불구불 흔들렸어요/ 우듬지가 타들어가는 소리 들렸어요"라고 말할 때 그 불의 운동과 힘은 바로 화자의 두려움의 심리적, 물리적인 모습이다. 시인은 두렵다고 말하는 대신 불길의 격렬한 운동과 불에 둘러싸여 떨고 있는 여리디여린 살을 보여주는 것이다. "이파리들이 부들부들 떨고 있었어요/ 머리 위로 손사래를 치며/ 아버지 발짝 소리를 밀어냈어요"라는 표현은 그 불이 무서워 떨면서도 불을 밀어내려는 화자의 안간힘을 보여준다. 몸을 태우려는 힘과 그것을 밀어내려는 힘의 운동은 화자의 심리적인 상태가 물리적으로 변용된 것이다.

어린 화자가 숨은 나무 구멍은 새끼를 품은 어미 캥거루의 주머니와 같은 따뜻하고 안전한 모성적 보호의 장소이다. 그래서 화자는 거기서 태아처럼 잠이 든다. 제 구멍으로 어린 화자를 품은 나무는 하늘을 향해 가지를 뻗으며 자라는 생명체이기도 하다. 화자가 나무 구멍 속에 숨는 행동에는 아버지를 피해 어머니의 품에 안기고 싶은 욕망, 폭력으로부터 보호받고 싶은 욕망, 그리고 무한한 하늘로 뻗어나가 해방되고 싶은 욕망을 함축하고 있다고 볼 수 있다. 나무 구멍은 좁은 어둠 속으로의 도피와 밝고 무한한 공간으로의 해방이라는 모순적인 심리를 가진 이미지가 된다. 이 이미지는 구멍 속에서 움츠려 수축되고 싶은 욕망과 끝

없는 허공에서 무한히 확대되고 싶은 욕망의 이중성을 갖
고 있다.

그래도 불은 두려움이라는 통로를 통해 화자의 몸으로
들어와 잠속에서 타오른다. 이 불은 화자와 함께 이 불도
함께 자라면서 타오를 것이다. 폭력의 상처에 기생하면서
화자의 욕망과 불안을 연료 삼아 타오를 것이다. 가지가 하
늘로 높이 뻗어갈수록 폭력의 상처도 화력이 커질 것이다.
몸과 기억에 끈질기게 달라붙어 내면을 괴롭히는 불의 트
라우마는 「불쥐」에서 더욱 강렬하고 그로테스크하게 나타
나 있다.

> 그녀의 방은 사방이 불꽃 천지입니다 형광등이 지글지
> 글 살타는 냄새를 풍기며 빛납니다 꽃무늬 벽지에 불이 옮
> 겨 붙을까봐 손톱으로 꽃을 긁어댑니다 그녀는 방바닥을
> 뜯어내고 몸을 숨깁니다 꼭꼭 숨어라 머리카락 보일라 지
> 하로 지하로 달아나도 불의 길은 끝나지 않습니다 불붙은
> 머리털을 헤집고 쥐 한 마리가 들어옵니다 그을린 쥐는 더
> 깊은 불구덩이 속으로 도망갑니다
> ─「불쥐」 부분

대구 지하철 화재 참사를 소재로 한 이 시에서 사건의 피
해자로 보이는 화자의 불안은 불이 붙은 채 숨거나 도망가

는 '불쥐' 이미지로 변형되어 있다. 불에 대한 두려운 기억은 오랜 시간이 지난 지금도 그녀의 일상으로 들어와 벽지, 형광등, 방바닥 등에서 살아난다. 불은 어두운 곳에 숨어 사는 쥐와 같은 생명체가 되어 계속 그녀의 몸속에서 활동한다. 이 시에서도 강조되는 것은 불붙은 쥐로 표현된 쥐의 운동, 아무리 숨거나 도망쳐도 결코 줄어들지 않은 고통의 강렬함, 기억이 있는 한 결코 꺼지지 않는 불의 지속성이다. 폭력의 상처는 곧 몸이 되고 자아가 되고 타자가 된다. 거기에는 몸이 없어지지 않는 한 불의 폭력이 결코 죽지 않을 것이라는 생각, 몸과 마음에서 양분을 빨아들이며 더욱 튼튼해질 것이라는 불안감이 있다.

2. 몸

나와 내안의 타자가 누구인지 질문을 하기 위해서 시인은 몸을 끈질기게 들여다본다. 몸에 숨어 있는 정체불명의 타자에게 질문한다. 몸이란 무엇인가. 몸 안에 무엇이 들어 있는가. 나의 원형이 들어있을 것 같은 내 안의 타자는 몸의 어디에 숨어 있는가.

　떨어진다 찬별이 뜬 수면에 닿자마자 유리알처럼 부서
　진다

깨진 수면을 동그랗게 밀고 나가는 첫 방울 하나가

산등성이 너머로 어두운 바람 커다란 천둥소리를 끌고
온다
연못은 순식간에 빗방울로 가득 찬다

방 한가운데가 끓기 시작하는 마곡사
밑에서 불을 지르고 더운 기유을 뿜어낸다

연못이 끓어 넘친다 계곡에서 흘러내려온 물이 못 밑
바닥을
화악 뒤집어 놓는다

수십 마리 잉어들이 황톳물 속에서 소용돌이 친다
물 위로 솟구치는 썩은 나뭇잎들

물결 하나하나가 못 밖으로 터져나가려고
가죽 끈처럼 제 몸을 채찍질 한다
부서지고 흩어진 울부짖음이 골짜기를 울린다
―「물방울 하나가」 부분

시적 화자는 폭우가 내리는 마곡사의 연못을 바라보고

있다. 그는 상처 때문에 가만히 있지 못하고 들끓는 마음을 고요하게 정화하고 싶어 절에 갔을 것이다. 별이 선명하게 비치도록 유리처럼 투명하고 맑은 마음을 갖고 싶었을 것이다. 그러나 빗방울 하나만으로도 연못의 고요와 평안은 흔들리기 시작한다. 유리알 같은 수면이 깨지고, 그 고요는 마곡사 구들장 밑에서 불을 땐 듯 격렬하게 끓어오르고, 끓어 넘치는 힘으로 못물은 송두리째 뒤집어진다. 그때 드러나는 것은 무엇인가. "썩은 나뭇잎"과 같은 오물과 흙탕물이다. 외부의 자극이 없었다면 이 오물은 맑고 투명한 수면 아래에서 결코 밖으로 나오지 않았을 것이다. 맑고 수려한 산사의 풍경을 담고 있었을 것이다. 그러나 시인은 이성과 의식 아래 깊은 곳에 침전되어 있는, 무의식에 영역에서 나를 이루고 있는, 나의 원형을 보기 위해 이것을 깨뜨리고 뒤집는다. 일부러 깨끗하고 고요한 수면에 물방울의 채찍질을 가하여 거기서 "부서지고 찢겨나간 울음"을 꺼내고자 한다. 맑고 깨끗한 수면에는 감춰진 '나'가 보이지 않기 때문일 것이다. 상처와 본능과 욕망의 오물로 뒤범벅된 몸이라야 '나' 또는 내 안의 타자가 잘 흘러나오기 때문일 것이다.

그래서 시인은 여러 시에서 늙은 몸, 병든 몸, 욕망의 몸을 들여다보고 관찰한다. 건강한 몸보다는 폭력에 쉽게 노출되고 상처가 크고 건강의 균형이 깨진 몸에서 나의 원형이나 본질을 찾는 작업이 상대적으로 쉬운 까닭이다.

> 말굽 같은 변기를 뒤로 젖히고
> 끊어질 듯 이어지는 오줌줄기를 엿보았다
> 아버지의 내부에서 감탕처럼 고였다가
> 흘러나오는
> 온 힘을 다해 길어 올리는 오줌 줄기
> 음경 끝에 매달린 한 방울의 오줌
> 뒤틀린 가느다란 물줄기
> 치약처럼 둥글게 말아 쥐어짜본다
>
> 변기 앞에서 주춤거리는
> 아버지가 주름진 가죽을 내려다본다
> ―「가죽주머니」 부분

남근은 한때 강렬한 성적 욕망의 쾌감이 집중되어 있던 욕망의 장소였으며 나의 생물학적인 몸을 만든 생명의 장소였으며 남성의 상징을 나타내던 장소였다. 그러나 이제 그 모든 것을 상실한 남근은 단지 냄새나는 오줌을 담는 '가죽주머니'일 뿐이다. 그것은 정상적으로 오줌이 나오지 않아 한 방울을 짜내기 위해 온힘을 다 기울여야 하는 고통이 나오는 장소, 자식에게조차 내보일 수 없는 수치의 장소,

지린내를 풍기는 비천한 장소가 되었다. 시인의 시선은 늙음의 비애나 삶의 허무가 아니라 인간을 창피한 사물로 전락시키는 수치와 그 수치를 견디는 몸의 행동에 초점이 맞춰져 있다. 그래서 오줌 누는 행위는 안 나오는 내용물을 뒤트는 치약 짜기일 뿐이다. 아버지는 그런 물건을 환멸의 시선으로 내려다본다. 몸의 수치를 전경화한 이 시에도 역시 「안젤라」에서 물었던 질문이 보인다. 아마도 시인은 안 보이는 상처 속에 숨어 있는 나를 자극하려는 것인지도 모른다. 어서 나와 네 정체를 드러내 보라고.

「눈많은그늘나비」에서는 접시 무늬에서 팔랑거리며 나는 나비와 접시에 담긴 고기를 게걸스럽게 먹는 욕심 사나운 노파의 모습을 대비적으로 보여준다.

쌓이는 뼈다귀들을 떠받치느라 겹겹 꽃잎이 휘어집니다
접시 위에 비친 노파의 얼굴에 나비가 내려앉습니다 풀밭
을 걷듯 나비 발걸음이 경쾌합니다

노파는 여전히 뼈다귀를 뜯고 제 얼굴을 뜯고 접시를
뜯고 나비 날개가 뜯겨 나가고 창문에는 봄눈이 뜯겨나
갑니다
　　　—「눈많은그늘나비」 부분

고기에 온통 정신이 팔린 노파에게 나비 날개나 창밖의 봄눈은 보이지 않는다. 화자는 그 노파에게서 자신의 얼굴과 접시와 나비 날개와 창밖의 봄눈을 뜯어 먹는 인간과 삶의 환멸을 본다. 몸에는 나비의 가벼운 날개 같은 생명 에너지도 있지만 그것은 곧 노파와 고기가 환기하는 육체의 무게에 눌리거나 뜯기게 되어있다는 것일까? 「식은 밥 한 덩이」에서 나는 곧 "꽝꽝 얼어붙은 밥덩이"이거나 "삼킬 수도 뱉을 수도 없는 돌덩이"이다. 식은 밥덩이와 같은 몸에는 "눈도 귀도 없다". 그래서 화자는 "제 얼굴을 들여다 볼 수 없는 저 시커먼 구덩이 속으로 들어"갈 뿐이다. 「얼음홍시가 녹는 동안」에서는 냉동 홍시가 녹는 모습에서 폐벽이 녹아 오물로 변해가는 흉측한 육체를 읽어내고 있다. "폐벽이 흐물흐물 무너져 내리는 시간", "몸보다 커진 허파가 접시 위에서 헐떡거리는 시간", "방안 가득 붉은 물이 흐르는 시간", "흘러넘친 물이 물컹해진 얼굴로 녹아내리는 시간"은 환자가, 몸이, 몸 안의 내가 온전히 견뎌야 하는 냉혹한 시간이다. 그 시간을 견디는 나는 그 오물덩어리 육체의 어디에 숨어 있는가 라고 시인은 묻는 듯하다.

시인은 제 머리카락과 손톱에서 이미 죽은 어머니가 자라는 것을 발견하기도 한다.

엄마 화장대에 앉아 머리를 빗는다 머리카락이 길어진

다 거울 속에서 노래를 부르는 엄마의 목소리가 들린다 빈
방에서 엄마의 향수 냄새가 난다 엄마의 머리칼을 가지고
노는 밤 내 머릿결 속에 엄마의 머리칼이 들러붙는다 거
울 속에서 머리를 곱게 말아 올린 엄마가 나를 보고 있다
— 「머리카락이 자란다」 부분

　누군가를 잘라내듯 손톱을 깎는 밤 가슴 언저리에 돌멩
이 같은 불덩이가 만져졌다 엄마! 하고 부르니 비명이 몸
에 들러붙었다 우리는 엄마의 구두, 핸드백, 모자를 하나
씩 꿰차고 흩어졌다 엄마를 두르고 걸치고 쓰고 우리는 온
힘을 다해 살아내기로 했다
— 「손톱에서 누군가를 잘라내듯」 부분

　어머니라는 여성이 견뎠던 삶의 시간, 그 몸에 유전적으
로 또는 운명적으로 새겨진 상처 또한 딸에게 이어져서 화
자가 견뎌야 하는 몫이 된다. 상처는 어린 몸에서 어른의
몸으로 옮겨가며 자랄 뿐만 아니라 어머니의 몸에서 딸의
몸으로 세대와 생사를 넘어 이어진다고 이 시들은 말하고
있는 듯하다. 불교 유식론에 의하면 현생에서 종자에 훈습
된 업은 제8식인 아뢰야식에 남아 다음 생으로 이어진다고
한다. 그렇다면 시인이 탐사하고 있는 대상인 몸과 내면과
정체불명의 주체를 키우는 상처의 숙주는 단순하지 않다.

개인의 내면적인 상처에서 '나'가 흘러나온다면 그것은 경험적인 것을 넘어서는 것, 보다 근원적인 어떤 것임을 짐작할 수 있다.

3. 사물

상처는 어린 몸에 스며들어 몸에 거주하면서 성장하는 동안 몸 그 자체가 된다는 것, 이목구비처럼 몸에서 떼어낼 수 없게 된다는 것, 이미 '나' 자신이나 다름없게 된다는 것, 대체로 이런 것들이 몸을 들여다보며 시인이 확인한 것들이다. 이 상처를 없애려면 먼저 그 상처와 하나인 몸을 죽여야 한다는 전제가 있어야 한다. 이 난처한 상황에서 시인은 어떻게 대응해야 할까? 상처를 숙명으로 알고 그냥 살 것인가 아니면 극단적인 결정을 할 것인가? 그런 문제 앞에서 상상으로 죽음을 떠올리는 것은 자연스러운 일이다.

자동문 앞에 그려진 노란 발자국 위에 발을 포갠다

세상에서 가장 뜨거운 발자국 위로 눈발이 날린다
발등에 떨어진 눈을 털어낸다 깃털이 되어 날아오른다

두 개의 발자국 두 켤레의 신발

지상에 몸 내려놓고 사라진 사람
발가락들이 살아 고물거린다
발이 묶여 꼼짝 못하고 지낸 나날
지상에 들리지 않는 발자국들 따뜻하다

낭떠러지로 뛰어 내리지 말기
난간에 매달리지 말기
노란 생명선 안으로 들어가지 말기
　　　　　　　　　　　　─「노란 발자국」 부분

　전철 플랫폼의 안전선 뒤에 그려진 노란 발모양에 발을
포개는 일상적인 행동에서도 시적 화자는 쉽게 죽음을 떠
올린다. 이것은 이미 화자의 심리 속에 죽음이 활성화되
어 있다는 증거이다. 내면적인 상처로 인한 괴로움이 충분
히 크고 절실하다면 몸을 죽여 몸과 하나인 상처를 완벽하
게 제거하고 싶은 유혹도 커질 수 있다. 화자는 노란 발모
양에 제 발을 포개는 순간 죽음의 유혹에 이끌려 달려오는
전동차 앞에서 몸을 던졌던(혹은 던지고 있는) 자에게 빙
의된다. 그 환상은 죽은 자의 "맨발의 냄새'와 겨드랑이의
"땀 냄새"가 느껴질 정도로 현실감을 갖는다. 그래서 그 유
혹에 끌려가지 말라고 자신에게 주문과 같은 절박한 경고
를 한다.

이 세상 밖 시간으로 날아간 사람들
더 많은 눈발이 휘날리고 또 쌓이고
생명선이 지워진다
사라진 발자국들이 쌓여 새의 날갯짓이 되는가
아이는 한 마리 곤줄박이 새가 되어
아무도 듣지 않는 노래를 부른다
—「노란 발자국」부분

화자를 유혹하는 것은 죽음보다 "이 세상 밖 시간"이다. 내면적 상처가 제거된 시간, 상처에서 벗어난 자유의 시간이다. 그래서 바람에 날리는 눈송이를 죽은 이의 환생으로 읽는 것이다. "사라진 발자국들이 쌓여 새의 날갯짓이 되는가"라는 물음에서 상처 없이 자유롭게 나는 몸이 되고자 하는 화자의 욕망을 읽을 수 있다.

「금강앵무새구름」에서는 나뭇가지 위에 죽은 새 한 마리를 발견하고 그 새에게 '금강앵무새구름'이라는 이름을 붙여준다.

눈앞엔 무지개빛 구름
세상의 모든 새들을 거느리고 떠나가요

눈을 부릅뜨고 들숨 날숨 크지 않게

흔들리는 뼈를 걸어둘 구름자락을 찾아요

하늘의 손바닥, 하늘의 무릎
하늘의 귓바퀴에서 살비늘 흘러내려요
　　―「금강앵무새구름」 부분

위 두 편의 시에서 주목할 것은 죽은 사람 → 새의 날갯짓, 죽은 새 → 구름이라는 이미지의 변형이다. 새라는 육체에게 구름이라는 사물의 이름을 붙여주는 순간, 그것은 모든 동물적인 것 육체적인 것에서 벗어나 구름의 자유를 획득한다. 새는 삶을 속박하는 모든 몸과 시간과 괴로움으로부터 벗어나서 "하늘에 걸릴 것 없는 뼈"를 가진 자유가 된다. 그 자유는 "귀와 귀가 부딪쳐 찢어지고/ 눈과 눈이 부딪쳐 눈을 멀게 하는 나라// 문득 내 발이 없어지고 무릎이 사라지는 나라"에 거주하게 된다. 상상 속에서 죽음을 경험한다는 것은 앞의 질문에 대한 근본적인 대답이 될 수 없고 따라서 상처의 고통에서 벗어난다는 충족감을 줄 수도 없다. 그러나 그는 죽음의 상상력을 통해 사물을 발견한다. 사람의 죽음에서 '눈'이라는 사물을, 새의 죽음에서 '구름'이라는 사물을 발견하게 된다. 사물이 매력적인 이유는, 물질 그 자체에는 상처나 괴로움 따위가 없기 때문이다.

항아리와 항아리 사이에 돌멩이들 있다
무덤과 무덤 사이에 돌멩이들 있다
모란꽃 이불 속에 돌멩이들 있다
꽃 밑에 돌멩이들 있고
돌멩이 밑에 살고 있는 돌멩이의 아이들

켜켜이 쌓여 있는 장롱 이불 속에서
빨갛고 하얀 돌멩이들 떨어졌다
바다로 떨어지는 것처럼 첨벙 떨어졌다
돌멩이들 사이로 내 손은 차가워지고
돌멩이들 뜨거워졌다
손가락에 주렁주렁 돌멩이들 매달고
밀려 왔다 밀려갈 때
돌멩이들 안으로 뼈가 생기고 살이 돋아났다
햇빛이 돌멩이들 가만히 건드리고 지나갈 때
시간의 무늬가 그물처럼 퍼졌다

켜켜이 쌓여 있는
이불과 이불 사이 돌멩이들 있다
모란꽃과 모란꽃 사이에
수천 년 전의 아이들이 들어 앉아 있다
돌담과 돌담 사이 아득한 시간

세상에서 가장 어두운
입을 다물고 항문을 닫고 있는 돌멩이들 있다
―「돌멩이들 1」 전문

　시적 화자는 왜 돌멩이를 쳐다볼까? 돌멩이는 항아리들
사이에도 있고 무덤에도 있고 이불의 무늬에도 있다. 그 돌
멩이 안에 무엇이 있다는 것일까? 화자는 돌멩이에서 무엇
을 찾는다기보다 단지 그 돌멩이들을 무심하게 쳐다볼 뿐
이다. 돌멩이가 화자의 시선을 끌었기 때문이며, 화자의 시
선이 돌멩이에게 이끌렸기 때문이다. 돌멩이는 놓으면 떨
어지고 물 위로 던지면 첨벙 소리를 내며 가라앉고 오래 쥐
고 있으면 따뜻해지는 광물이다. 화자는 거기에서 돌멩이
가 사는 시간, 무생물인 돌멩이가 사는 방식을 읽는다. 이
사물의 거울에 상처와 괴로움, 허무나 환멸에 구속된 자신
을 비춰본다. 돌멩이는 그저

끝없는 물질이 능청스럽게 드러내고 있는
물질이 치열하고 철면피하게 기억하고 있는
죽음.
내 귀에 밝게 와서 닿는
눈에 들어와서 어지럽게 흐르는
저 물질의 꼬불꼬불한 끝없는 미로들,

아무것도 그리워하지 않으려고 애쓰는

능청스런 치열한 철면피한 물질!

　　　— 정현종, 「철면피한 물질」 전문

이다. 돌멩이라는 사물은 인간적인 괴로움이나 슬픔 같은 감정이 틈입할 여지가 없는 철면피를 쓰고 있다. 프랑시스 퐁주에 의하면 사물은 '절대적인 침묵으로 우리 눈앞에 명확하고 분명하게 존재'하며, '불투명한 두께와 무게'를 가지고 나타난다. '그동안 사물은 인간의 감정이나 사상을 표현하기 위한 도구나 대상'에 지나지 않았지만 이제는 '사물이 인간을 가르칠 때가 되었다'는 것이다. 사물의 말을 듣고 겸허하게 사물의 가르침을 받으려면 '사물에 대해 가지고 있는 선입견에서 벗어나 백지상태'가 되어야 한다. 어린이처럼 어른의 고정관념에 오염되기 이전의 순수한 눈을 가져야 한다. 폭력과 상처에 의해 구속되고 휘둘리면 자신과 세상을 보는 시선은 왜곡될 수밖에 없다.

　사물은 인간이 부여한 의미가 생기기 이전의 상태이다. 우리가 명명하는 사물에는 인간중심적인 의미가 겹겹이 덧씌워져 있기 때문에 의미 이전의 물질은 가려져 있다. '시인과 화가들은 타고난 현상학자들이다'라고 바슐라르는 말했다. 시인과 화가는 인간이 만든 의미를 배제하고 직관을 통해 언어를 벗어난 상태인 사물을 보려하며, 모든 앎과 생각을 판단중지하고 아무것도 모르는 어린이의 시선을 되살려 인간의 관념이 닿아본 적이 없는 사물 그 자체에 다가가려 하기 때문이다. 의식했든 의식하지 않았든, 시인이 사물을 바라보는 행위에는 이런 태도가 어느 정도 깔려있을 것이다. 의미 이전의 사물 그 자체를 보려는 행위는 슬픔이나 괴로움에 얽매인 '나'가 형성되기 이전의 세계, '나'가 무진장 나오는 근원을 보고 싶은 욕망과 닿아있다. 인간중심적인 의미에 의존하는 한, 상처의 구속에서 벗어날 수 없기 때문이다. 괴로움과 슬픔을 모르고 그것을 경험한 적도 없는 사물에 이끌리고, 그 열린 존재성에 자신을 맡기고 싶은 욕망이 시인의 눈을 사물로 이끌었다고 볼 수 있다.

시적 화자가 돌멩이를 손으로 만져 체온으로 따뜻하게 데울 때, "돌멩이들 안으로 뼈가 생기고 살이 돋아"나는 것을 보라. 모란꽃과 모란꽃 사이 돌멩이들이 있던 곳에 "수천 년 전의 아이들이 들어 앉아" 있는 것을 보라. 사물에 인간적인 관념을 덧씌우는 것이 아니라 사물에서 살과 뼈와 아이들이 태어나는 것이다. 그 돌멩이들은 "세상에서 가장 어두운/ 입을 다물고 항문을 닫고" 있다. 여기에는 폭력의 기억에 끈질기게 매달려 있는 상처가 없으며 따라서 괴로움도 슬픔도 없다. 그저 '철면피'하게, 항아리와 꽃과 돌과 무덤 옆에 무심하게, 앉아있는 시간이 있을 뿐이다.

당신은 검은 염소를 끌고 비탈에서 옵니다
그때 씨앗은 땅 속에서 터지고
나무 안에는 수액이 방울방울 흐릅니다
당신은 아침 해를 뭉텅뭉텅 떠메고 옵니다
그 육중한 몸이 하늘 한가운데서 나와
골짜기에서 바다까지 뻗어 있습니다
앞산 관목 숲이 햇살에 반짝입니다
물방울들이 이끼 더미에서 미끄러집니다
　　　　　　—「검은 염소를 끌고 오는 여자」 부분

　이 시에 이르면 비명과 울음과 치욕이 걷히고 목소리가
훨씬 밝고 건강해졌음을 느낄 수 있다. 검은 염소를 끄는
여자가 비탈에서 내려오는 것과 씨앗이 땅속에서 터지고
나무 안에는 수액이 흐르는 사건은 동시에 벌어진다. 이 사
건은 '당신'과 자연(사물)이 분리되지 않고 한 몸으로 움직
이는 역동적인 순간을 보여준다. 시적 화자는 몸 안에만 갇
혀 있는 것이 아니라 시선이 미치는 하늘과 해와 바다와 숲
과 이끼에 이르기까지 곳곳에 퍼져 있다. '당신'이 움직이
면 동시에 자연도 몸과 합쳐져서 함께 움직이는 것이다. 사
물을 발견하면서 시인의 몸은 안에서 밖으로 열리고 확장
하는 변화가 생기는 것 같다.

이은의 시는 '나'를 괴롭히는 몸 안의 상처에서 벗어나려
고 애쓰는 과정을 보여준다. 그 과정을 통해서 몸에 각인되
고 몸 자체가 되어버린 폭력의 상처를 냉정하게 들여다보
고 거기서 '나' 또는 내 안의 타자가 흘러나오는 근원을 보
려고 한다. 그런 노력은 그 폭력과 상처가 거주하는 다양한
몸에 대한 관찰로 이어진다. 거기서 시인이 보는 것은 환멸
과 허무와 수치이며, 여성적인 운명에서 벗어나지 못하고
갇혀 사는 자아일 뿐이다. 그러나 그는 그 시선에 함몰되지
않고, 왜곡되거나 편견에 갇힐 수 있는 시선을 판단중지 시
키고 사물로 눈을 돌린다. 그것은 몸에서 벗어나 우주적인
자유를 누리고 싶은 자의 태도이다. 그의 시는 거기서 더
나아가 아예 자연 그 자체가 되고자 한다. 「숲으로 간 시」는
상처에 눌린 몸이나 허무와 환멸로 왜곡된 시선이 쓰는 시
가 아니라 몸에 스며든 자연과 사물이 스스로 시를 쓰도록
하려는 시인의 방법적인 태도를 보여준다.

칸칸한 밤 산길을 내려간다
댓잎 스치는 소리가 책갈피 서걱대는 듯하다
턱을 괴고 앉아 숲이 된 나의 두 눈을 본다
물끄러미 나를 쳐다보고 있는 것들을
잇대어 보고 쪼개 보기도 하고
종이 밖으로 튀어나가지 않게 움켜잡고

가만가만 산길을 내려간다

구름다리를 지나 층층 바위를 지나
어둠이 지워버린 짐승들의 흔적을 찾는다
누군가 몇 걸음 앞서 걸어가는지
나뭇잎 스칠 때마다 새 한 마리씩 날아간다

적막을 깨지 않으려고
엄지발가락에 신경을 곤두세운다
오른쪽으로 왼쪽으로
더듬더듬 발을 옮기다 돌부리에 부딪친다
숲이라는 말에서 뻗어나온 가지들을 흔들어 본다
머리 위에는 달이 날을 세우고 있다

산문을 빠져 나올 때
종이 위에 씌여진 숲은 잡목들로 무성하다
오소리가 파 놓은 구멍 속으로 바람이 들어간다
종이 구겨지는 소리 요란하다
―「숲으로 간 시」 전문

　이런 노력이 해탈과 걸림 없는 자유를 얻고 자기 구원에
이르게 했다고 말하는 것은 난센스다. 시는 그런 종교적인

의미의 구원을 얻는 수단도 아니고, 그런 노력이 조금이라
도 성과를 거둔다고 하더라도 그것이 예술적인 성취를 담
보해 주는 것도 아니다. 다만 우리는 이은의 시를 읽음으로
써 자신을 괴롭히는 정체불명의 대상과 치열하게 싸우는
한 인간의 모습과 그 지난한 과정을 보는 즐거움을 얻을 수
있다. 자기 치유의 노력이 진정성을 지닐 때 문학적인 감동
으로 이어질 수 있을 것이다. 그것만으로도 작지 않은 성과
라고 생각한다. 앞으로도 이런 뚝심과 진정성을 계속 밀고
나가 더욱 큰 시로 이어질 수 있기를 바란다.

이 은

이은 시인은 강원도 동해에서 태어났고, 중앙대학교 예술대학원을 졸업
했다. 2006년 『시와 시학』으로 등단했으며, 2009년 '문화예술위원회 창작
지원금'을 받았다. 『불쥐』는 이은 시인의 첫 번째 시집이며, 그는 어느 누
구보다도 우리 인간들의 몸에 대한 현상학적인 성찰을 보여준다. 몸은 인
간의 삶의 기록이자 그 욕망과 절망, 건강과 쇠약, 행복과 불행이 상호투
쟁하는 구체적인 장소가 된다. '불쥐'는 나이면서도 너이고, 너이면서도
내 안의 또다른 타자가 되는 상징적인 동물이지만, 그러나 그는 어떠한
삶의 탈출구도 찾지 못한 화형장의 죄인이 된다. 시의 순교, 삶의 순교—.
『불쥐』의 비명은 그만큼 처절하고, 그 울림이 크다.

이 은 시집
불쥐

발　　행　2012년 4월 20일
지은이　이　은
펴 낸 이　반송림
펴 낸 곳　도서출판 지혜
　　　　　계간 시전문지 애지
기획위원　반경환 이형권 황정산
편집디자인　김지호
주　　소　300-812 대전광역시 동구 삼성1동 273-6
전　　화　042-625-1140
팩　　스　042-627-1140

전자우편　ejisarang@hanmail.net
홈페이지　www.ejiweb.com

ISBN : 978-89-97386-11-6 03810
값 10,000원

*본 도서는 2009년 한국문화예술위원회 문학창작기금 지원을 받았습니다.